蟬

喂，
等一等。

你跑來這種後山做什麼？
唧唧唧 唧

唧唧唧…
唧唧唧……！
唧唧唧…

唧唧唧
唧
唧唧唧

唧唧唧…
你不熱嗎？
還是快快打道回府，喝杯啤酒吧。
唧唧唧
唧唧唧…
唧…唧…
話說回來，你這身打扮卻沒流一滴汗呢。
真是奇怪的傢伙。

這裡有什麼東西嗎？
嗡……
有蟬啊。

蟬的幼蟲準備要鑽出泥土嘍。

什麼嘛，又不是小孩子。
哪裡有趣了？
別這麼說嘛。
仔細看好了。

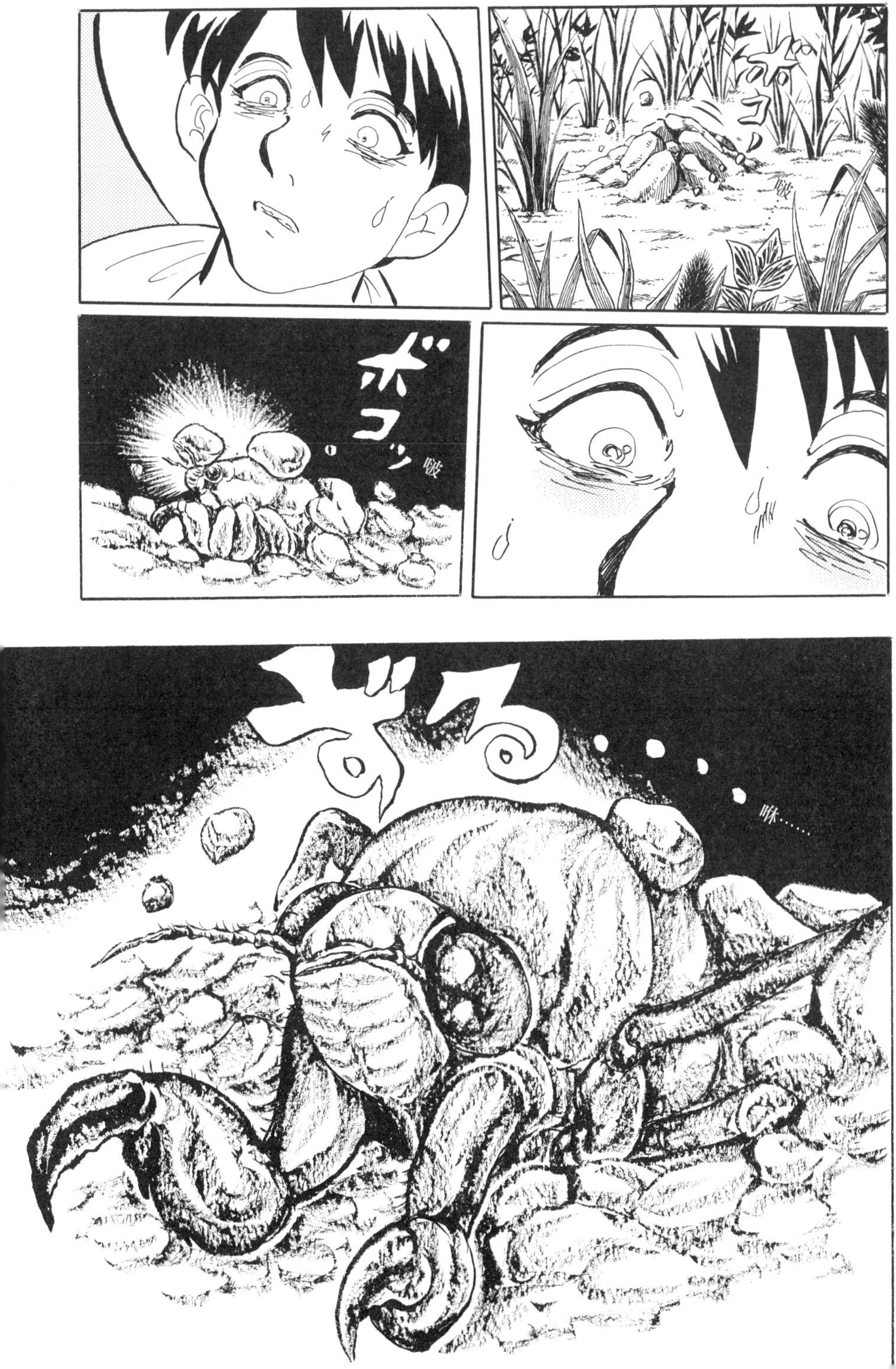
ボコッ
啵
ボコッ
啵
ずる……
咻……

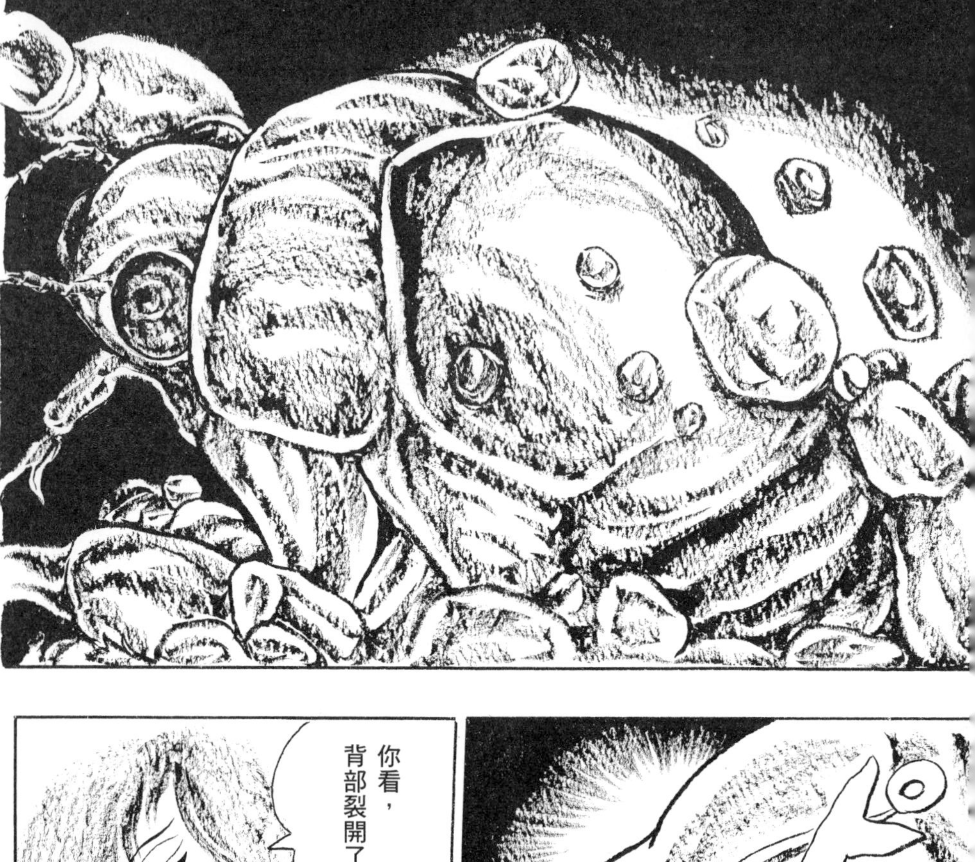

ピキッ
劈哩……！
你看，背部裂開了。
開始羽化嘍。

ずる…

是你殺了我
又把我
埋起來的吧？
哇!!

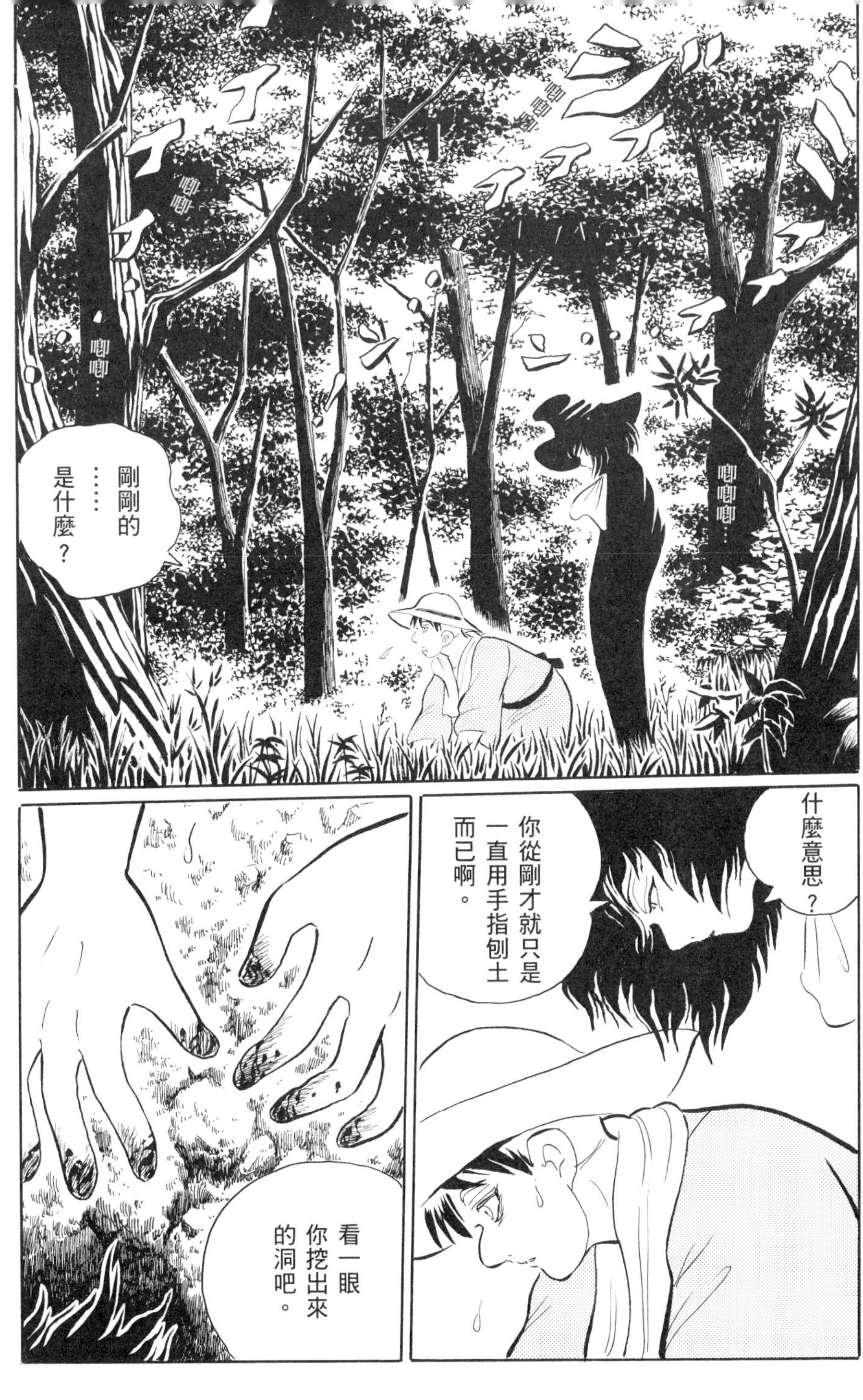
唧唧唧
唧唧
唧唧…
剛剛的……是什麼？
唧唧唧…
什麼意思？
你從剛才就只是一直用手指刨土而已啊。
看一眼你挖出來的洞吧。

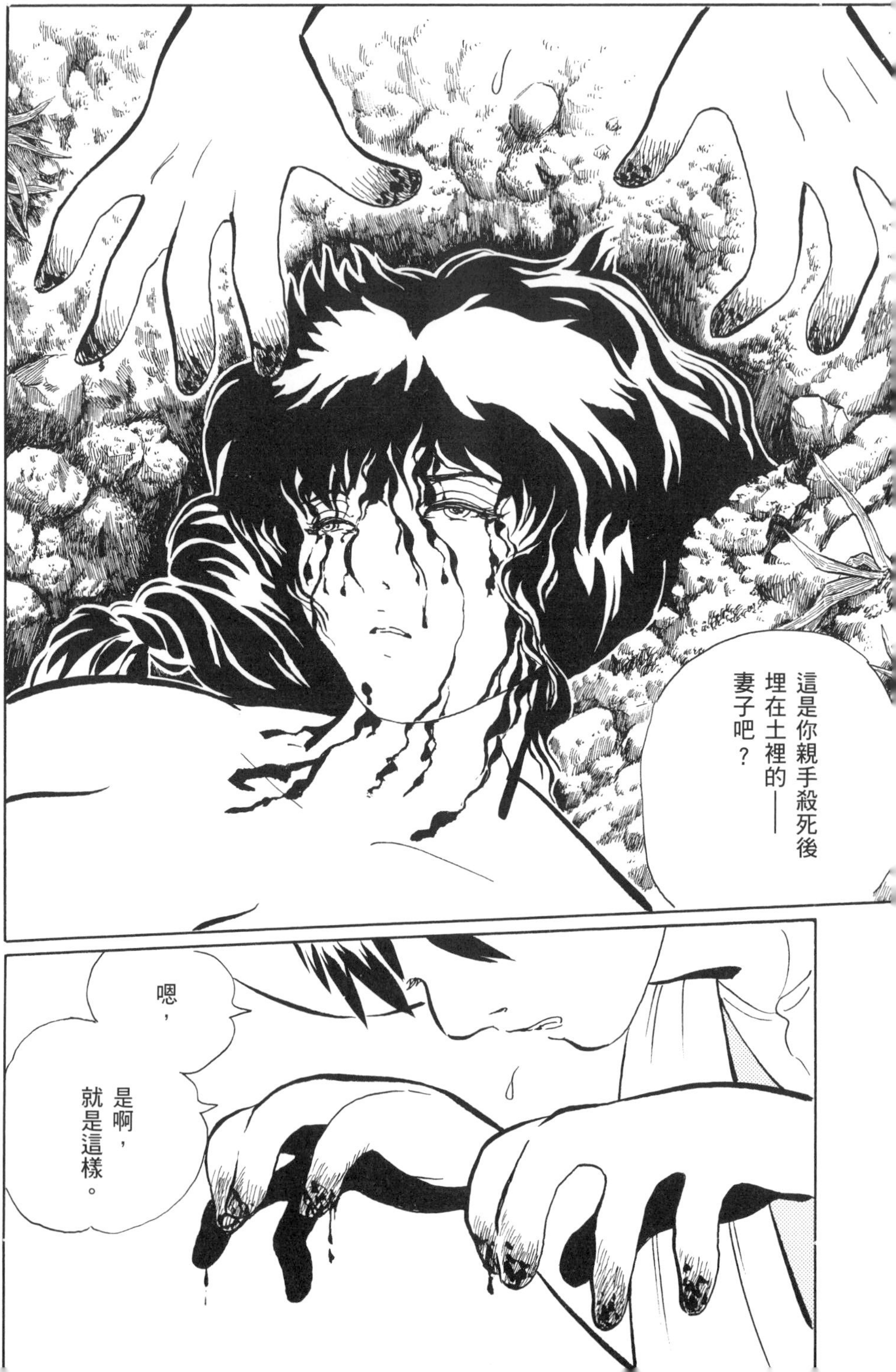
這是你親手殺死後埋在土裡的──妻子吧？
嗯，
是啊，就是這樣。

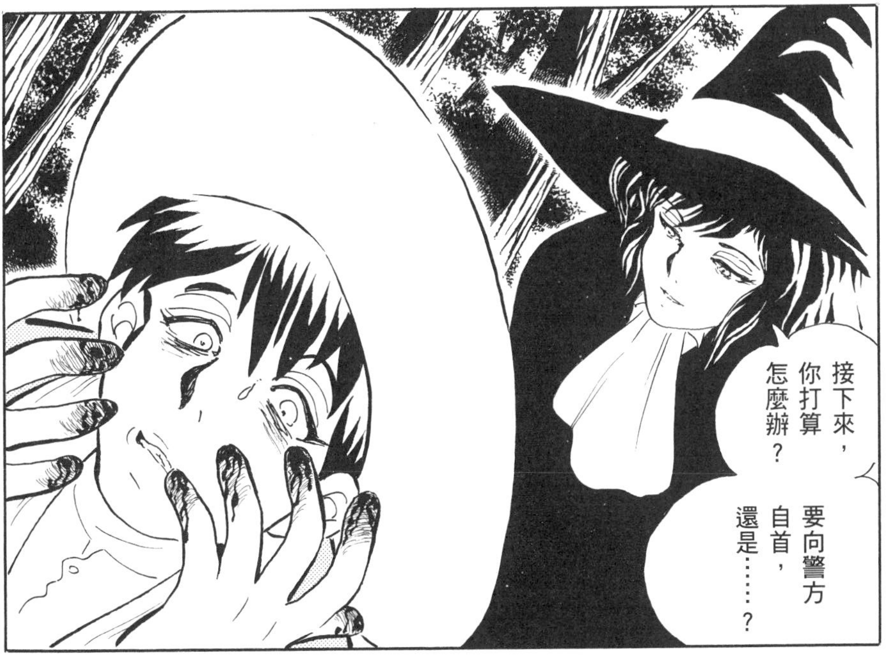
接下來，你打算怎麼辦？
要向警方自首，還是……？

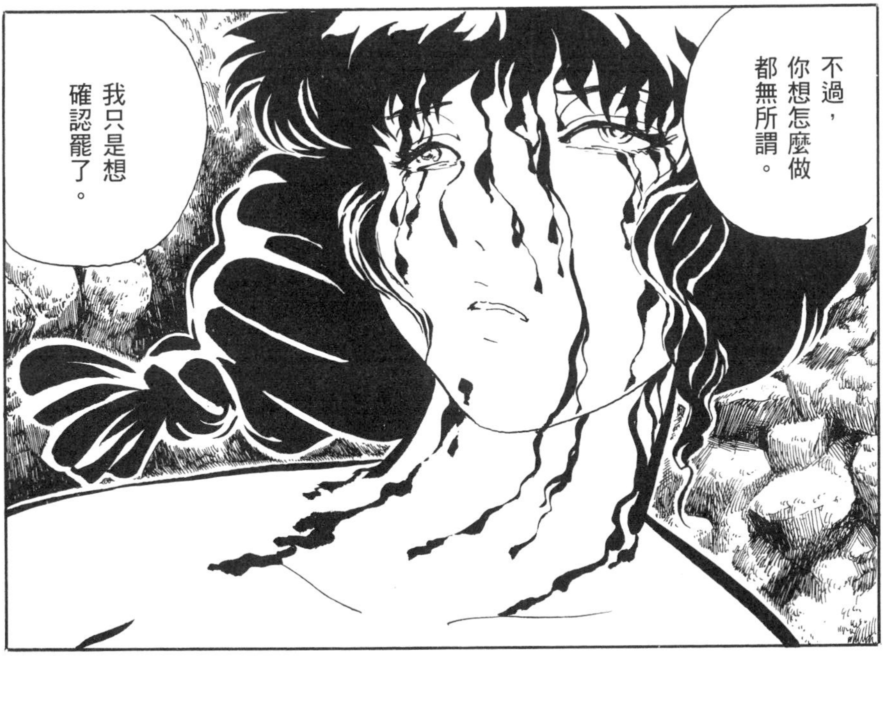
不過，你想怎麼做都無所謂。
我只是想確認罷了。

你自己決定吧。
要讓**幼蟲**——繼續待在泥土中沉眠嗎？
唧唧唧唧……
唧唧唧唧唧唧唧……！
蟬
完

貓大樓

ナァァァ
喵—嗚…嗚嗚
嗚…

咪嗚…嗚…嗚…
招招手！…

您是哪位？
本大樓夜間不開放。
沒有半個人在喔。
205
算了，沒關係，您請進吧。

來杯茶如何？
這個是我太太。
這位客人說，
有個小女孩在窗前向他招手。
他是為了救出被囚禁的女孩子，
才會登門來訪。
哎呀，真可怕。

不過，不可能有這種事。
沒錯、沒錯，
這裡只有我們兩個而已。

哪有什麼女孩子啊？

客人，請享用肉丸湯吧。
這是我們準備當宵夜的湯品。
看起來很美味吧？
……有人盯著看，我會吃不下飯。
可以請你們閉上眼睛嗎？
呵呵呵。
沒問題。
你看，我們都遮住眼睛了。

我們不會偷看的。

還沒好喔。
請閉著眼睛。
呵呵……
知道了、知道了。
若隱……
若現……
客人啊，您還真是害羞呢。
ニョロ
若隱……
ニョロリ
若現……

你沒喝湯是正確的。
那肉丸可是「滅鼠丸」啊。
快，這裡，就是這扇門。
快拿鑰匙打開。
快點放我出來。
喀嚓…！

嘰…
喵嗚嗚～嗚嗚嗚…

糟糕！鑰匙被偷了！
老公，我們快逃吧。那隻壞貓咪要跑出來啦！
真是的！虧我還千辛萬苦將她關起來！
她肯定氣壞了！我們會被碎屍萬段的！
說得沒錯，我太生氣了！
你們竟然敢囚禁我！
等、等等！聽我說！

我們會離開這棟大樓！
絕不再靠近妳的地盤一步。
饒我們一命吧!!
他們都這樣說了。
要不要放過他們呢？
嗚——!
哎呀——
……聽不進去嗎？
嗚嗚嗚嗚嗚嗚……!!

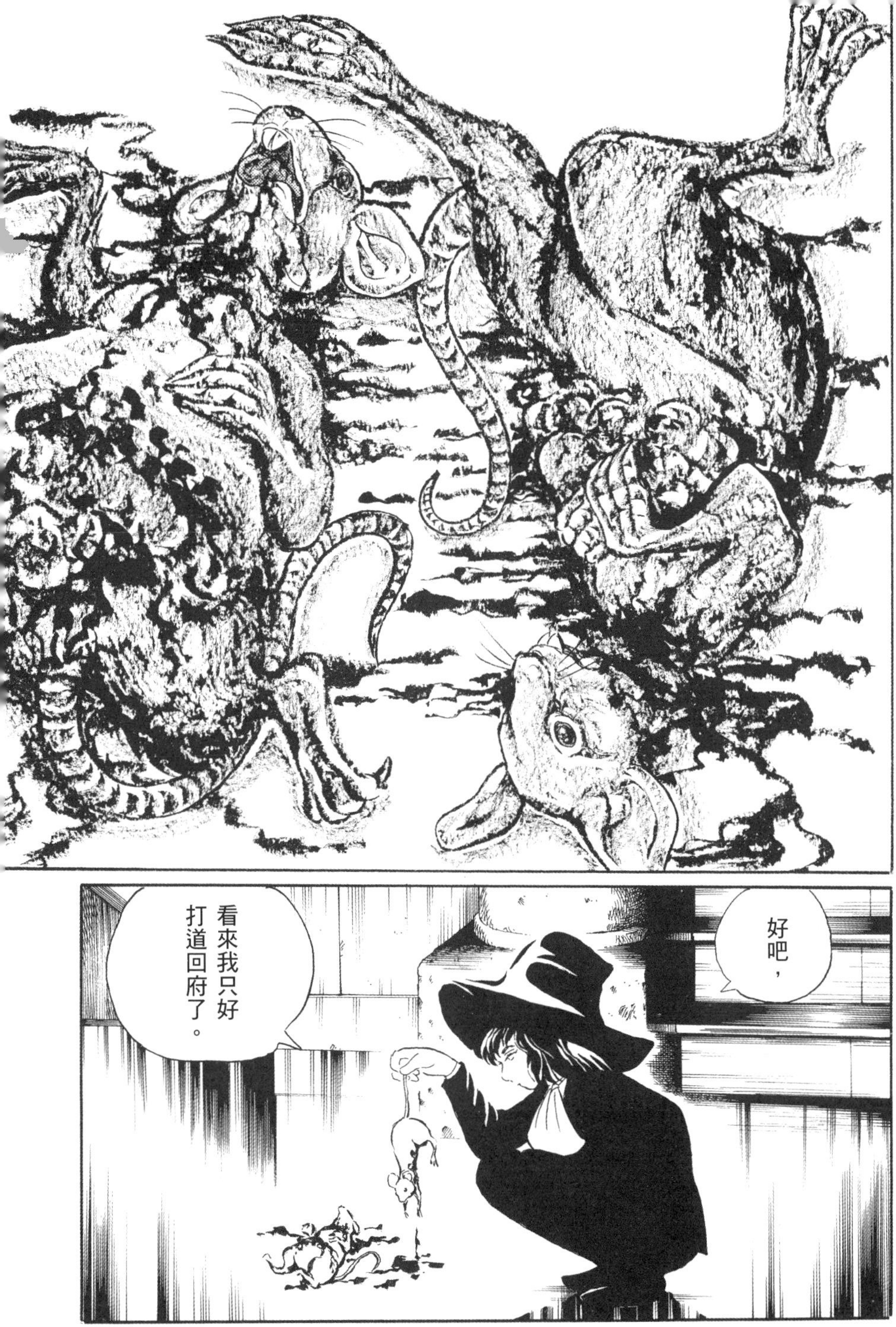
好吧，
看來我只好打道回府了。

喵嗚嗚嗚……

機器人之戀

我是沒有心的機器人。
晚安，我是希子。
一起去沒人的地方吧。
就我和你。

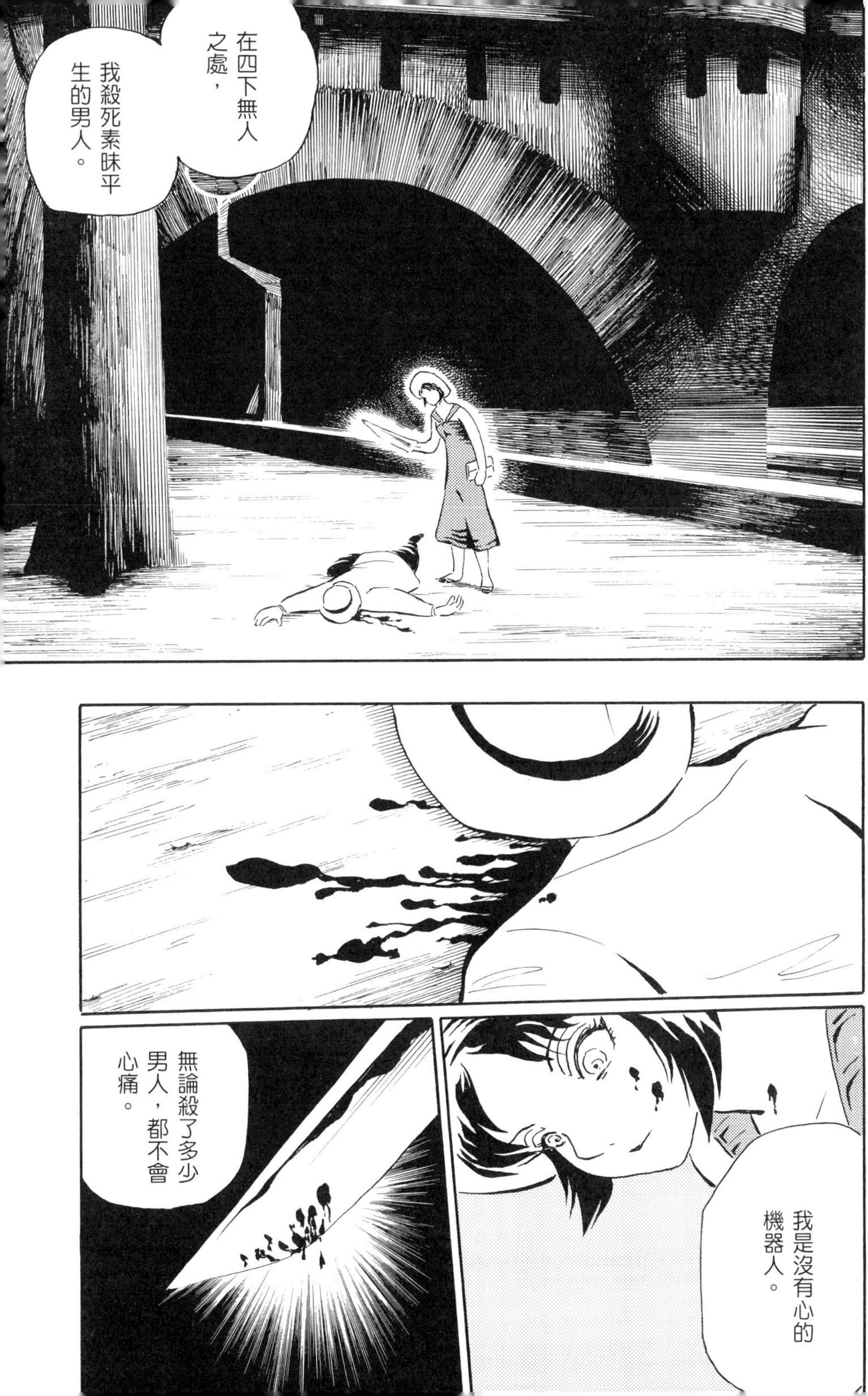
在四下無人之處，
我殺死素昧平生的男人。
我是沒有心的機器人。
無論殺了多少男人，都不會心痛。

晚安，
我是希子。
一起去沒人的地方吧。
就我和你。

好奇怪啊。
不對勁。
為什麼——
為什麼
我殺不了
這個人？

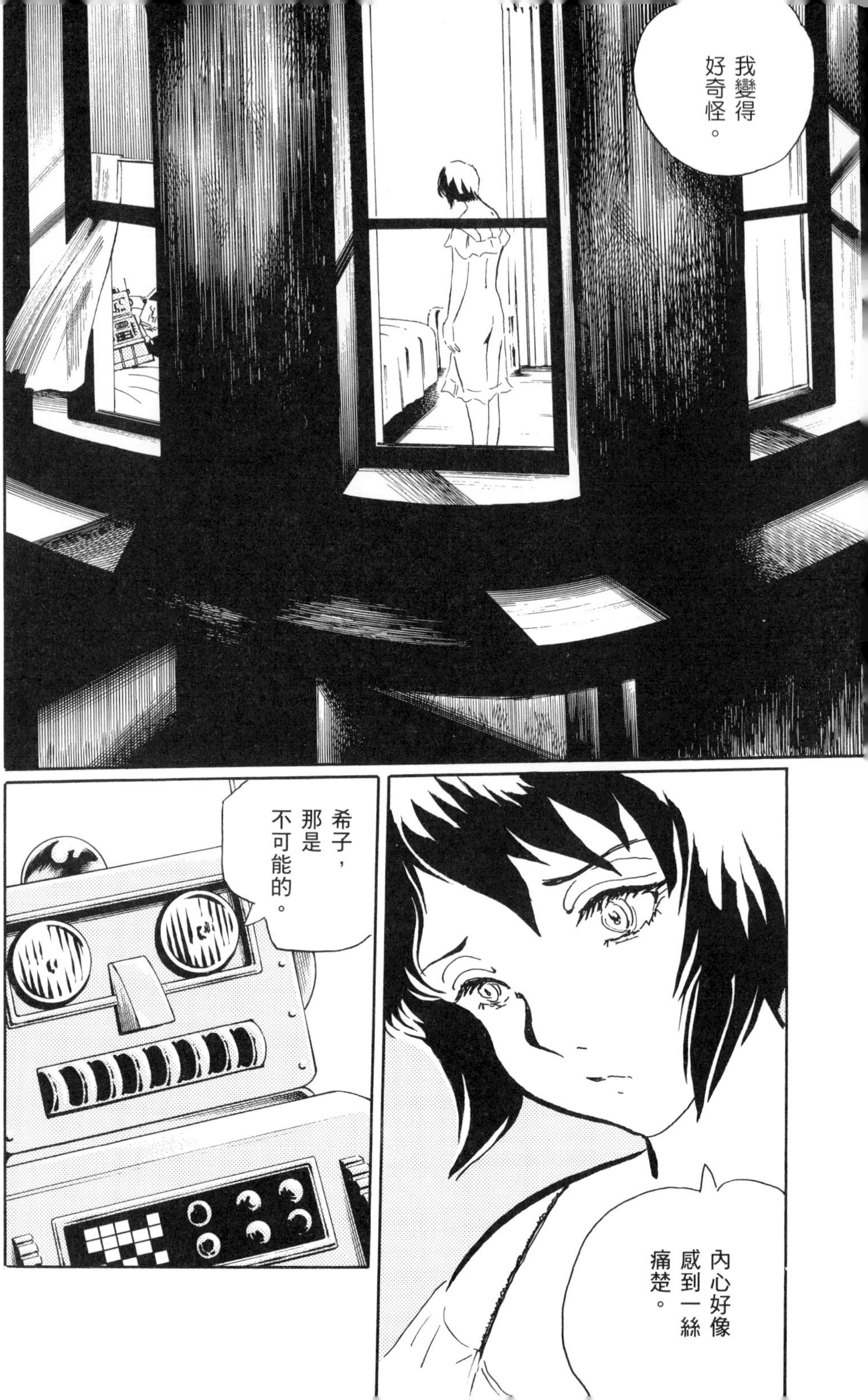
我變得好奇怪。
希子，那是不可能的。
內心好像感到一絲痛楚。

妳沒有心。
所以不會心痛。
妳和我們一樣是機器人。
可是啊，
我還是覺得不太對勁。
一定是故障了。
沒錯，是故障。
請哥哥幫妳檢查吧。
好主意。
讓製造出妳的哥哥檢查一下。
我知道了，
就這麼辦。

哥哥。
希子。
怎麼了？
為什麼
一絲不掛？

我好奇怪。
一定是故障了。
哥哥，修好我吧，拜託了。
希子，妳並沒有故障。
看清楚，妳的手臂隨時都能化為尖銳刀鋒。

只要掀開胸口，就能看到齒輪正常轉動，沒錯吧？
妳並沒有故障。好啦，繼續到外頭去，盡情殺害男人吧。
我還是覺得好奇怪。
心好痛啊。
……希子，妳遇到什麼事了？
告訴我吧。

晚安，我是希子的哥哥。
一起去沒人的地方吧。
就我和你。
不，你非跟我來不可。

請你消失吧。
你的存在會喚醒希子的記憶，
讓她想起自己不是機器人，也不是人類。
她確實曾是血肉之軀。

是你催眠她的吧？
機器人沒有心，機械不會受傷。
沒錯。
這樣下去，希子會想起來的。
想起自己遭到男人蹂躪的過去。
你啊，
那個蹂躪她的男人，
不就是身為親生哥哥的你嗎？
他說得對。
我想起來了。

希子！
我不是機器人。
而且，
我……
真正想殺的人是──
碰……─

ドザッ！
唰！

長髮公主

來了……過來了。

小人過來了。

小人透過我的頭髮……

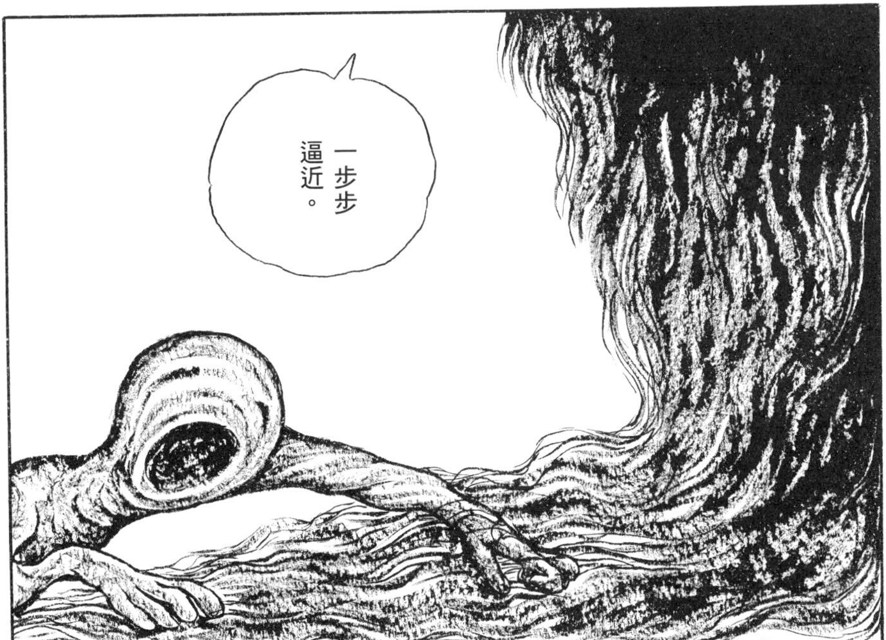
一步步逼近。

小人攀著頭髮爬上來了。

來了。
小人要來了……

這樣啊，原來你看得見。
那個攀上我太太頭髮的小人。
你能不能處理一下？
但是，你不能追根究柢。
也不准去打聽多餘的事。

只要讓我太太
不再看見小人
就夠了。
我會奉上
謝禮。
可以吧？

不行，我什麼都不能說。
老爺會罵我的。
啊！
不可以。
呀…

夫人養著年輕男人……
夫……
她有過一個情夫。
夜裡，情夫打算從庭院悄悄造訪夫人的臥房。

他抓著夫人從窗口垂下的繩子往上爬……
不料，
繩子卻從中斷裂——

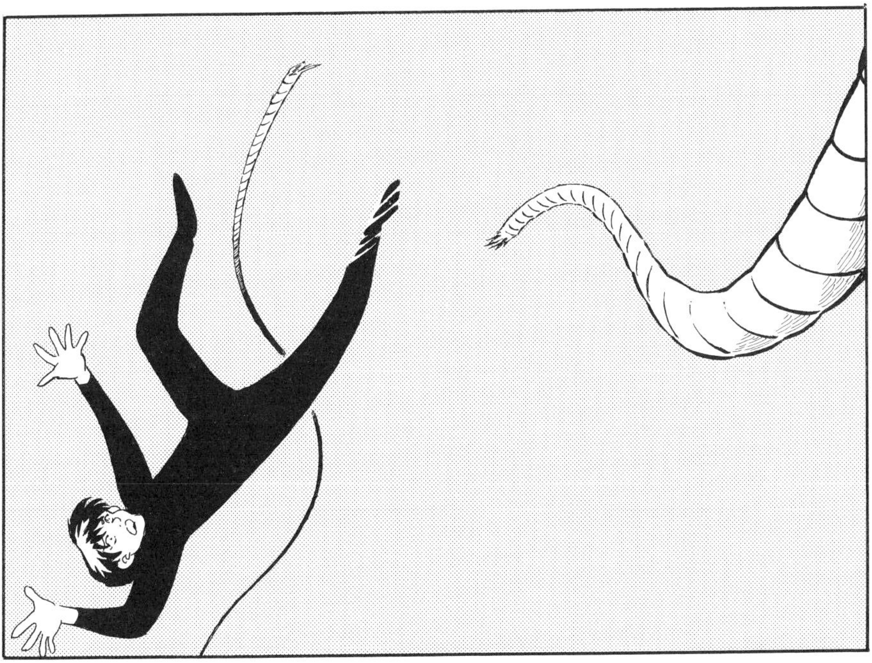

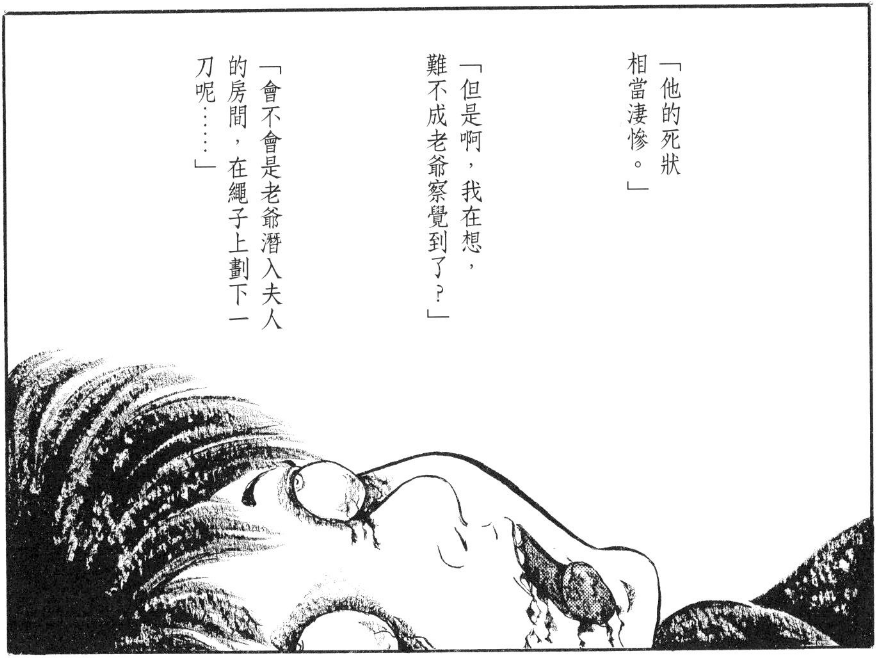
「他的死狀相當淒慘。」
「但是啊，我在想，難不成老爺察覺到了？」
「會不會是老爺潛入夫人的房間，在繩子上劃下一刀呢……」

來了……過來了。
小人又爬上來了……
夫人，在繩子上劃下一刀的人是妳吧？
因為年輕的情夫變成燙手山芋了吧？
再繼續偷情下去，妳一直以來的富裕生活可能會化為泡影。
於是……

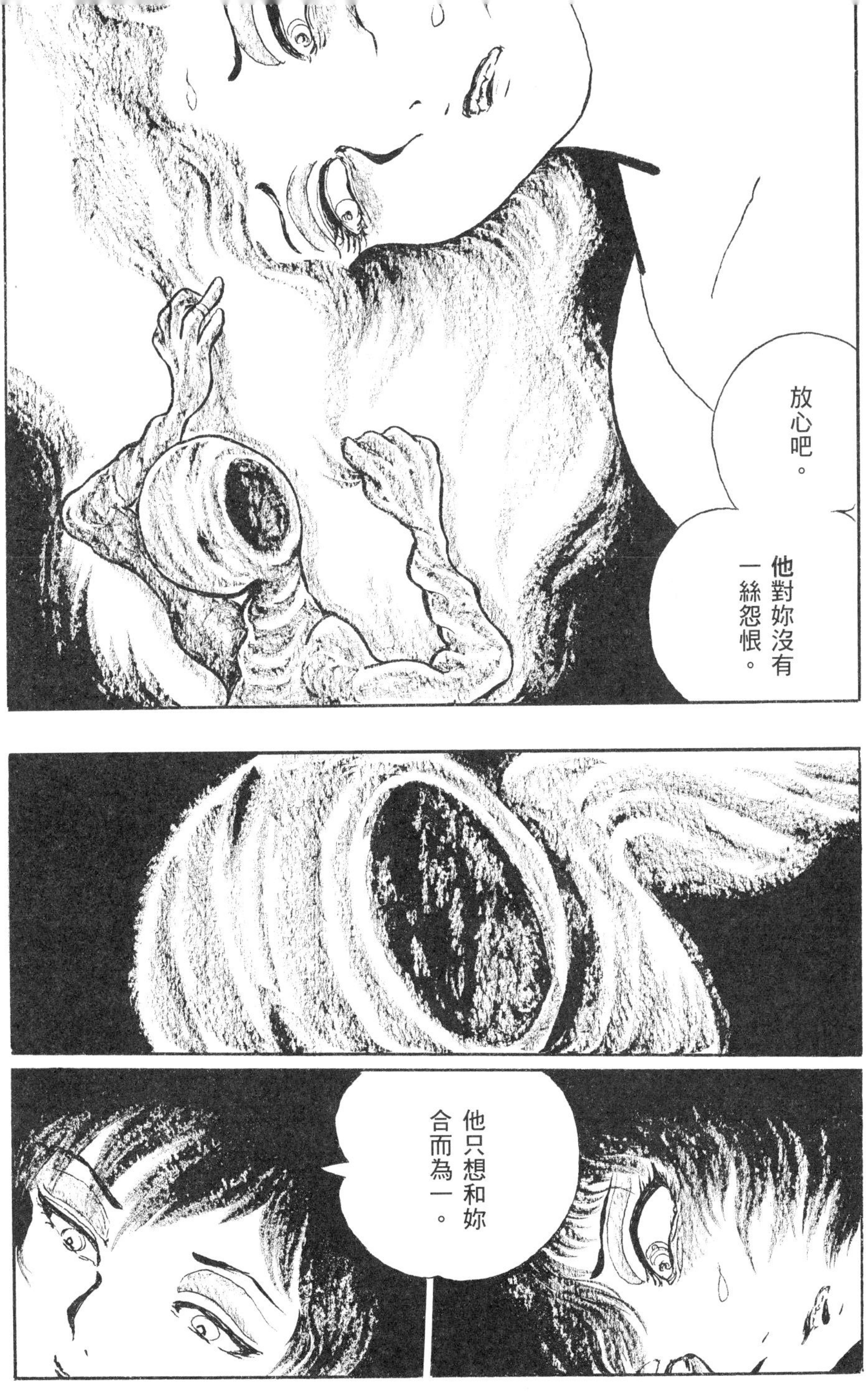
放心吧。
他對妳沒有一絲怨恨。
他只想和妳合而為一。

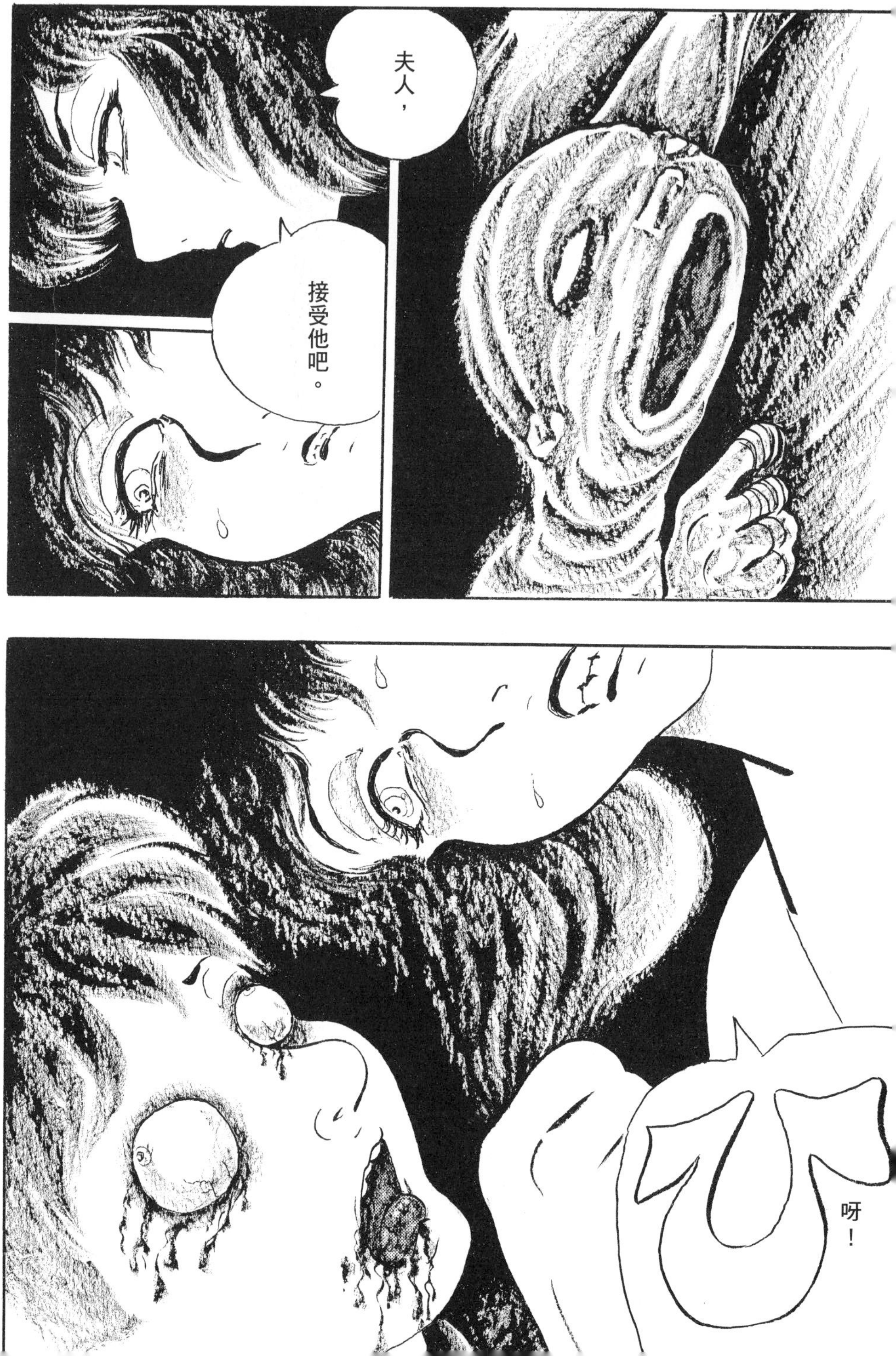
夫人，
接受他吧。
呀！

那位客人將事情處理完畢後，便離開了大宅。
我一如往常端茶倒水。
然而，老爺酒喝得愈來愈凶。
夫人則不再踏出房門一步。

夫人她啊，
不會再看見攀著
頭髮的小人了。
因為她已經與
情夫**合而為一**了啊。

頭

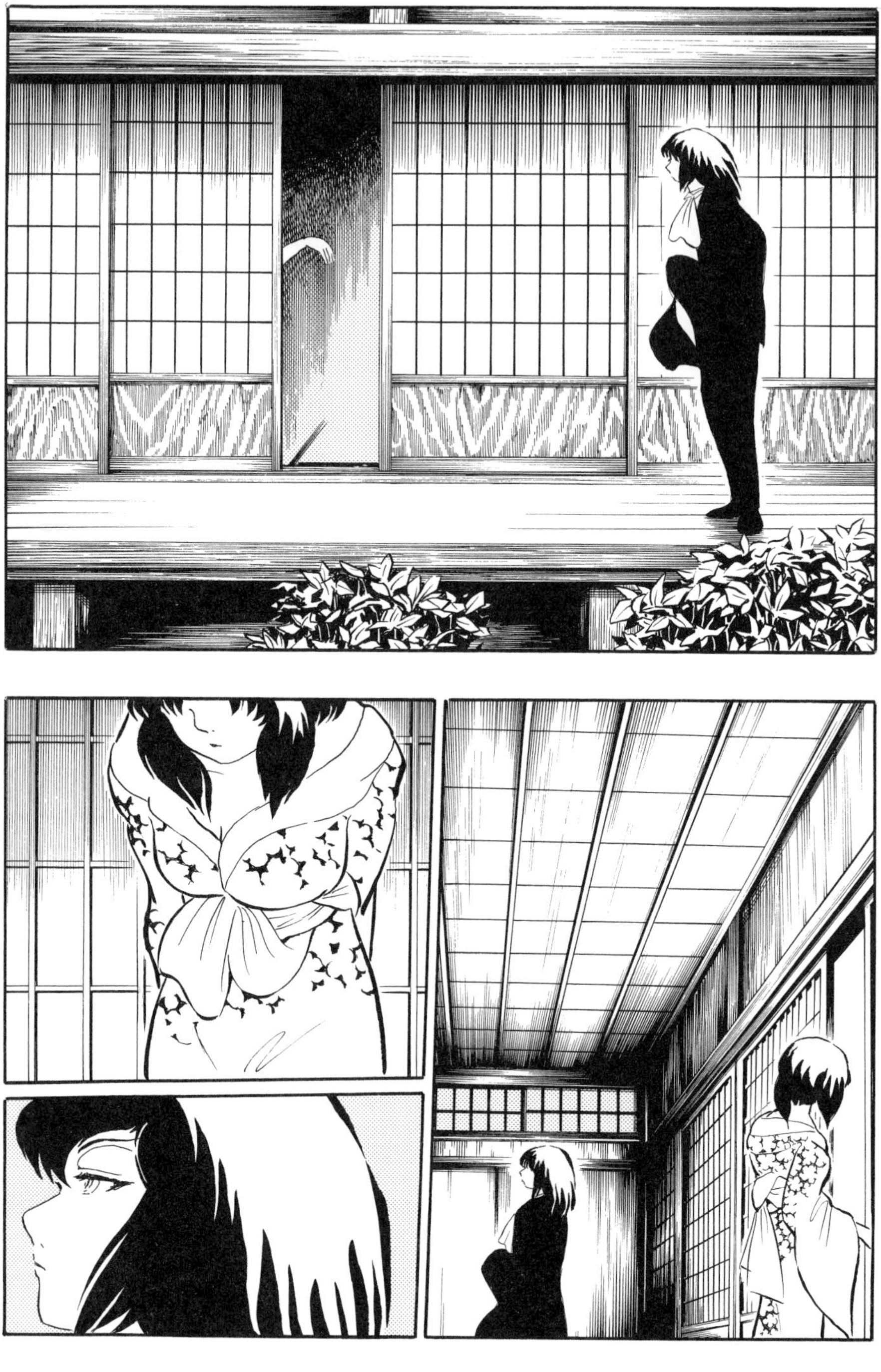

びしゃ
唰！

琴子。
驚醒……！
真是的，妳剛才在睡午覺嗎？

客人要回去了喔。
妳也一起來送客。

ひょい！
咻！

團團轉

救命啊！
請幫個忙！

啊！真傷腦筋。
有個男的追著人家跑。

他肯定是
想殺了人家。
該怎麼辦
才好？
呀！
他追來了！

不能再待在
這裡了！

哈、哈……
喂！幫我一把！
有個女的在追我。
她想殺死我。
那個臭女人！

哇！她來啦！
我得快點逃才行！

救命啊！請幫個忙！

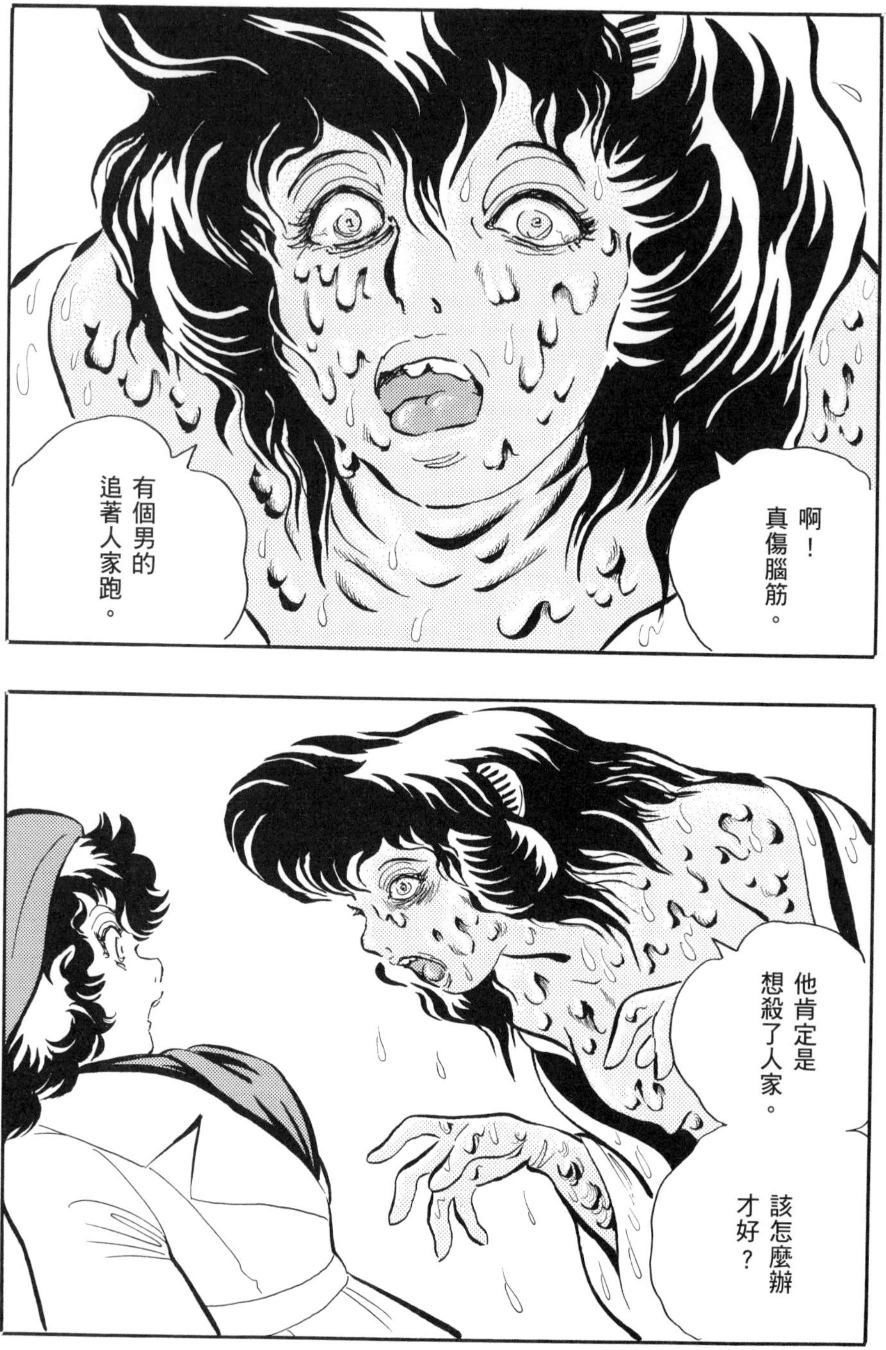
啊！真傷腦筋。
有個男的追著人家跑。
他肯定是想殺了人家。
該怎麼辦才好？

呀！
他追來了！
不能再待在
這裡了！

喂！
幫我一把！
有個女的
在追我。

她想殺死我。
那個臭女人!!

我得快點逃才行！

救命啊！請幫個忙！

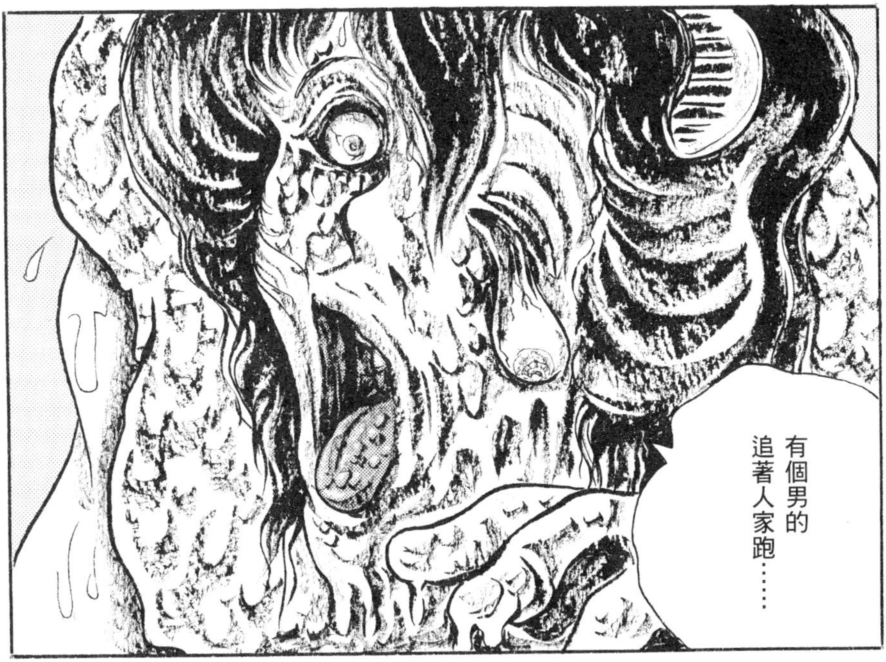
有個男的追著人家跑……

不能再待在這裡了!!
有個女的在追我！

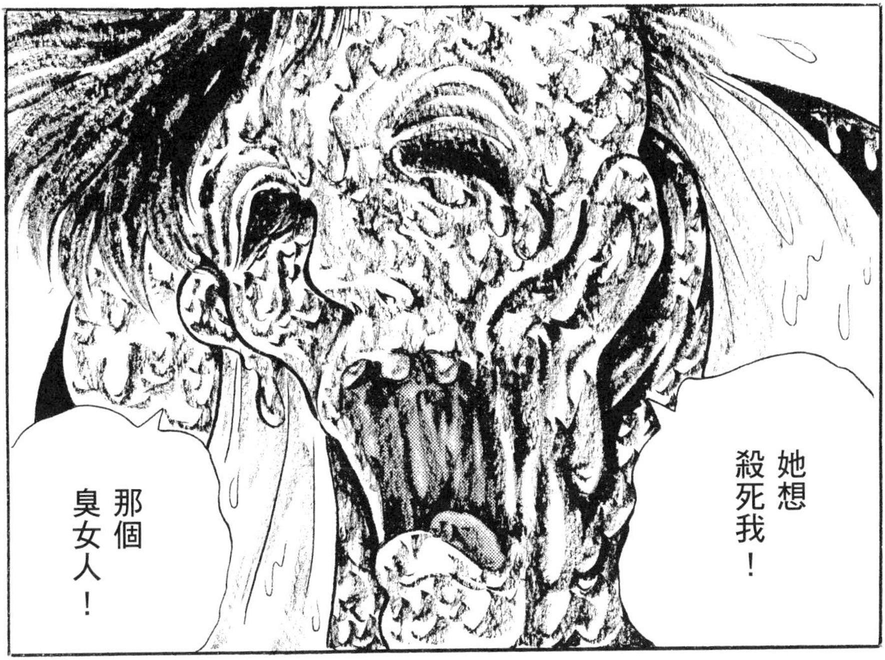
她想殺死我！
那個臭女人！

我得快點逃才行!!

救命啊
幫幫我
有個男的
追上來
有個女的
追上來
臭女人
啊啊
追來了
追上來啦
得快點逃才行啦
啊啊啊

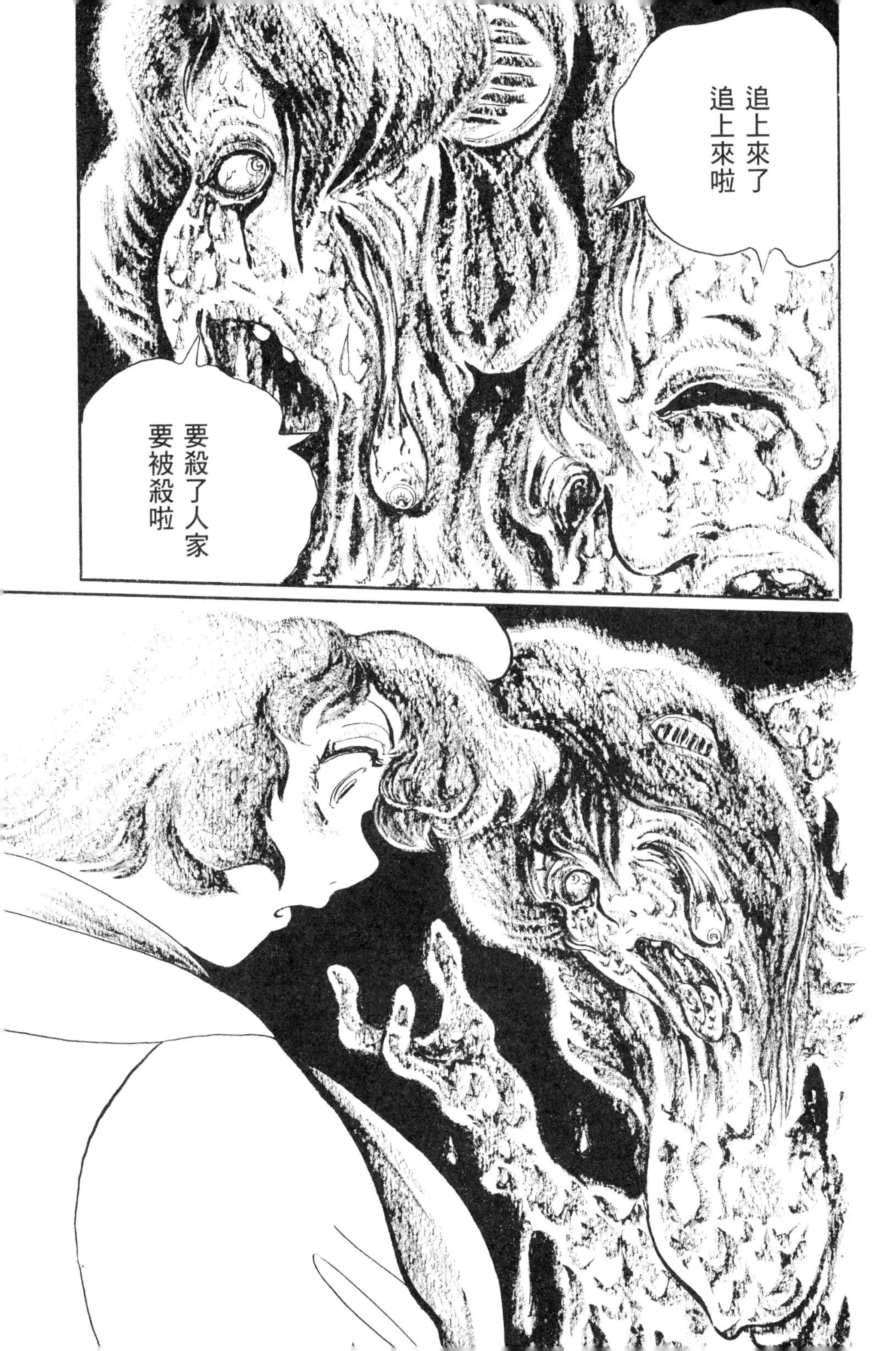
追上來了
追上來啦
要殺了人家
要被殺啦

驚醒！
！
妳差點就被拉進沼澤了喔，

終於回神了嗎？
這位小姐。
！

這沼澤是剛才那兩人逼迫對方殉情之地。
沒人知道是男方殺死女方，還是女方殺死男方。
聽說屍體浮上水面時，已經腐爛到融為一體了。

從那之後，他們就在沼澤周圍追著對方團團轉。
妳捲入了一場無妄之災呢。

我送妳回家吧。
咦？
繼續待在這種地方，不知道還會被什麼妖鬼纏上。

和我在一起是最安全的喔。

躲貓貓

躲好了嗎？
還沒！

躲好了嗎？

還沒！

呵呵呵呵呵！
哈哈哈哈哈……

小那美！那美子！
妳在哪裡？
啊！是媽媽。
沒錯，她在叫妳。

她在找我嗎？
對啊。
但妳媽媽找不到妳。

那美子！妳躲在哪裡？
快點出來！
爸爸也在找我。
是啊。
可是，妳爸爸也找不到妳喔。

大小姐！
請您應個聲吧。
大小姐！
老爺和夫人都很擔心啊！
哎呀呀……
女僕阿熊和男傭磯吉也……
大小姐，
不要再玩躲貓貓啦！
連書生三四郎都……

大家都看不見我嗎？
沒錯，那美子。

只要和我在一起，就沒人看得見妳。
也沒人找得到妳。
哈哈哈哈！真好玩！
呵呵呵呵……

啊！
怎麼了？
噓！
跟我來。

快，躲進這裡！
咦？
難纏的傢伙來了。
咻…
如果那傢伙找到妳，我們就會被拆散、永遠見不到面了。
咦？

妳不希望那樣吧？
嗯，但是……
我們永遠都是好朋友吧？
嗯……可是，呃……
妳究竟是什麼人？
我們永遠都要在一起。
永遠永遠像這樣在一起。
不要……放開我，好可怕啊！

永～遠在一起……!!

找到了。
咦？
離開她吧。
換我來陪妳玩。

真的？
真的嗎？
那美子！
啊！

大家在櫥櫃裡發現熟睡的我。
據說當時我失蹤七天了。
告訴大家我的藏身之處的，是爸爸朋友介紹的黑衣男子。

夢遊病
夢の中であなたを守りましょう

幾年後，我在路上與他偶遇。

那個女孩在**他**身邊開心地轉圈跳舞。
不知怎地，我有一點羨慕她。

烏鴉

上吊嗎？
少了一隻眼睛——

ガァァ
ガァァ
ガァァ
嘎嘎嘎……
嘎嘎嘎……
嘎嘎嘎
是烏鴉啄掉的嗎？

啊，是烏鴉。
啪……
你嘴裡叼著什麼？
啊！

居然是眼珠。
牠口中竟銜著一顆眼珠。
烏鴉側對著我，
看起來就像在對我展示眼珠。
真不舒服。
雖說應該只是從貓狗屍體上銜來的，
不過妳真是冷靜。
不只這樣喔。

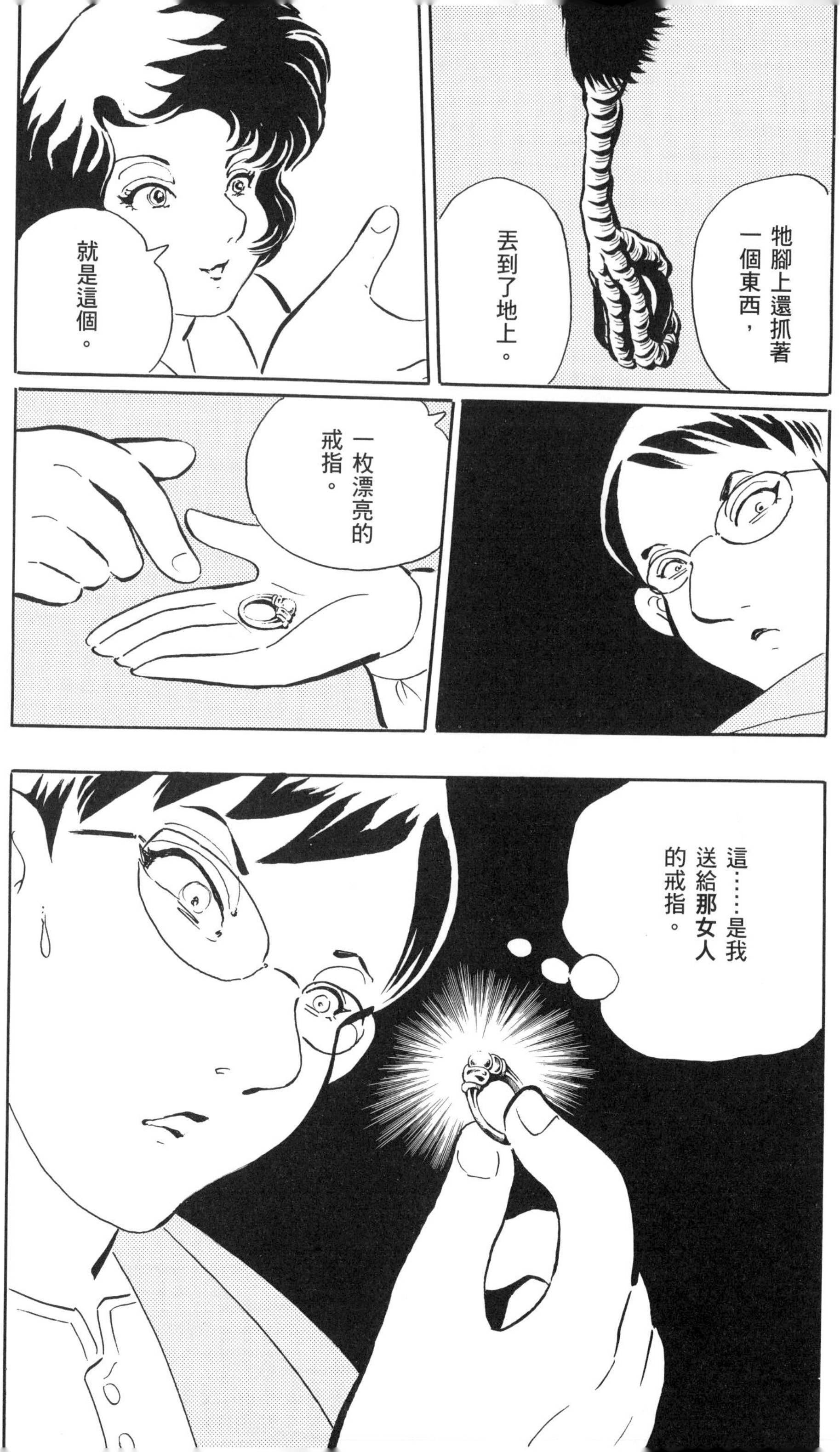
牠腳上還抓著一個東西，
丟到了地上。
就是這個。
一枚漂亮的戒指。
這……是我送給那女人的戒指。

哎呀呀，
又是你們，
今天也這麼
大陣仗啊。
呀！
嘎！
嘎嘎嘎……
嘎嘎嘎
啊！
嘎！
嘎
咦，
又是烏鴉？
這次叼了
什麼來？

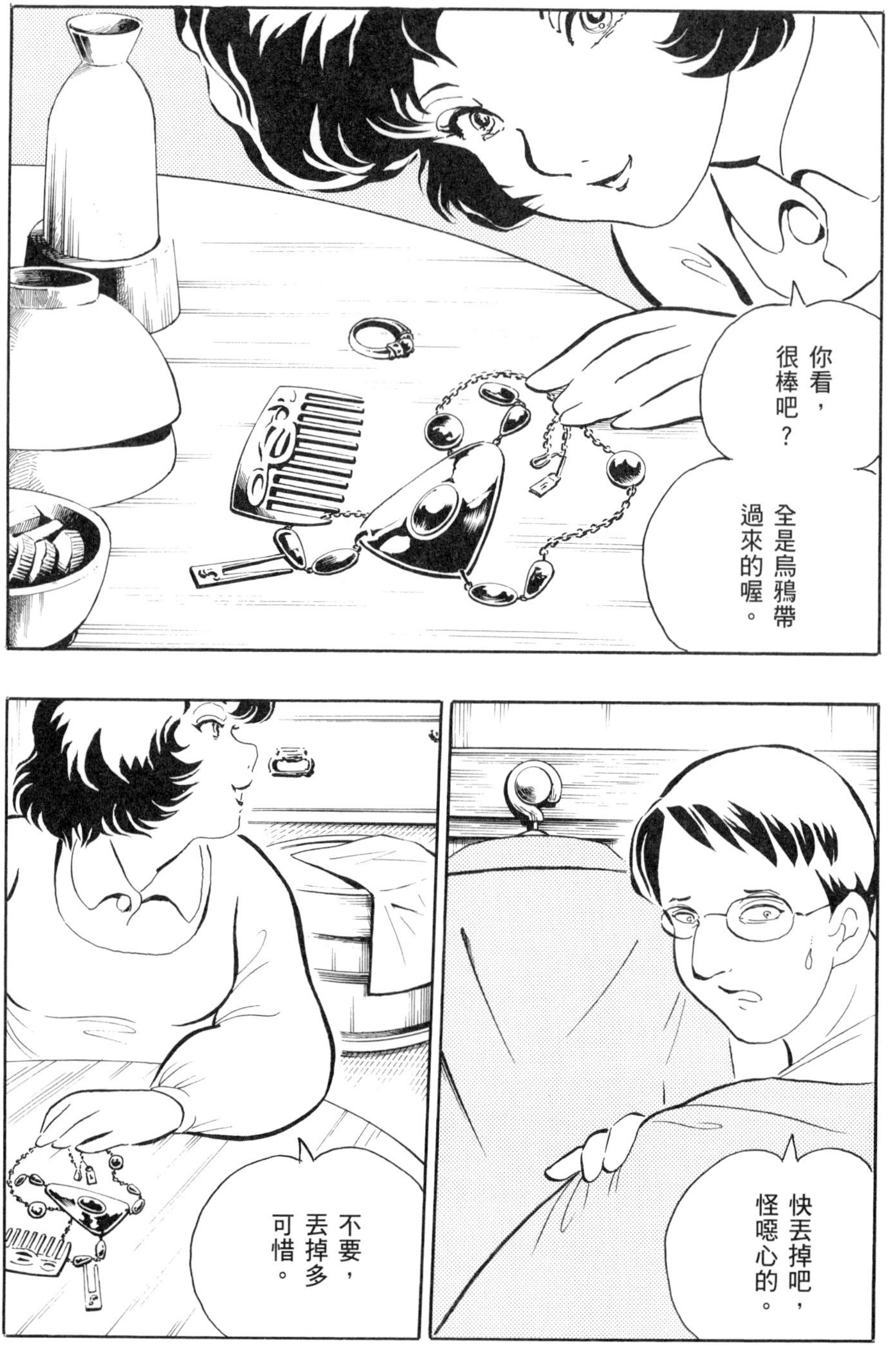
你看，很棒吧？
全是烏鴉帶過來的喔。
快丟掉吧，怪噁心的。
不要，丟掉多可惜。

牠們的巢穴裡，
肯定藏有更多戒指或珠寶吧。
別說了，快開飯吧。

……嘎嘎
嘎……
今天就來尾隨烏鴉看看吧。

嘎嘎嘎……
烏鴉的巢穴裡，
肯定有更多寶物。

アァァ
嘎嘎嘎……
ギャァァ
呀啊啊……
ガァァ
嘎嘎嘎……
ブラン。。！。。
晃……！
哇！
好美的鞋子！

啪!!

呀啊啊啊…
哇！呀啊啊啊～～!!
冷靜點，沒事的。
只是上吊的繩子斷裂、屍體掉下來而已。

……嘎嘎嘎
呀啊啊
我還以為她有什麼企圖，
原來是這種事啊？
不過，
我不認為她嚇嚇您就會滿足。

啊啊…嘎
您的丈夫比較危險。
還是快點回家吧。
嘎嘎…
呀啊…
我迅速趕回家裡一看……

嘎嘎嘎嘎……！
呀啊啊……！
呀！
呀！
嘎嘎嘎
烏鴉聚集在院子裡，將丈夫的眼珠叼了出來。

夜之惡魔

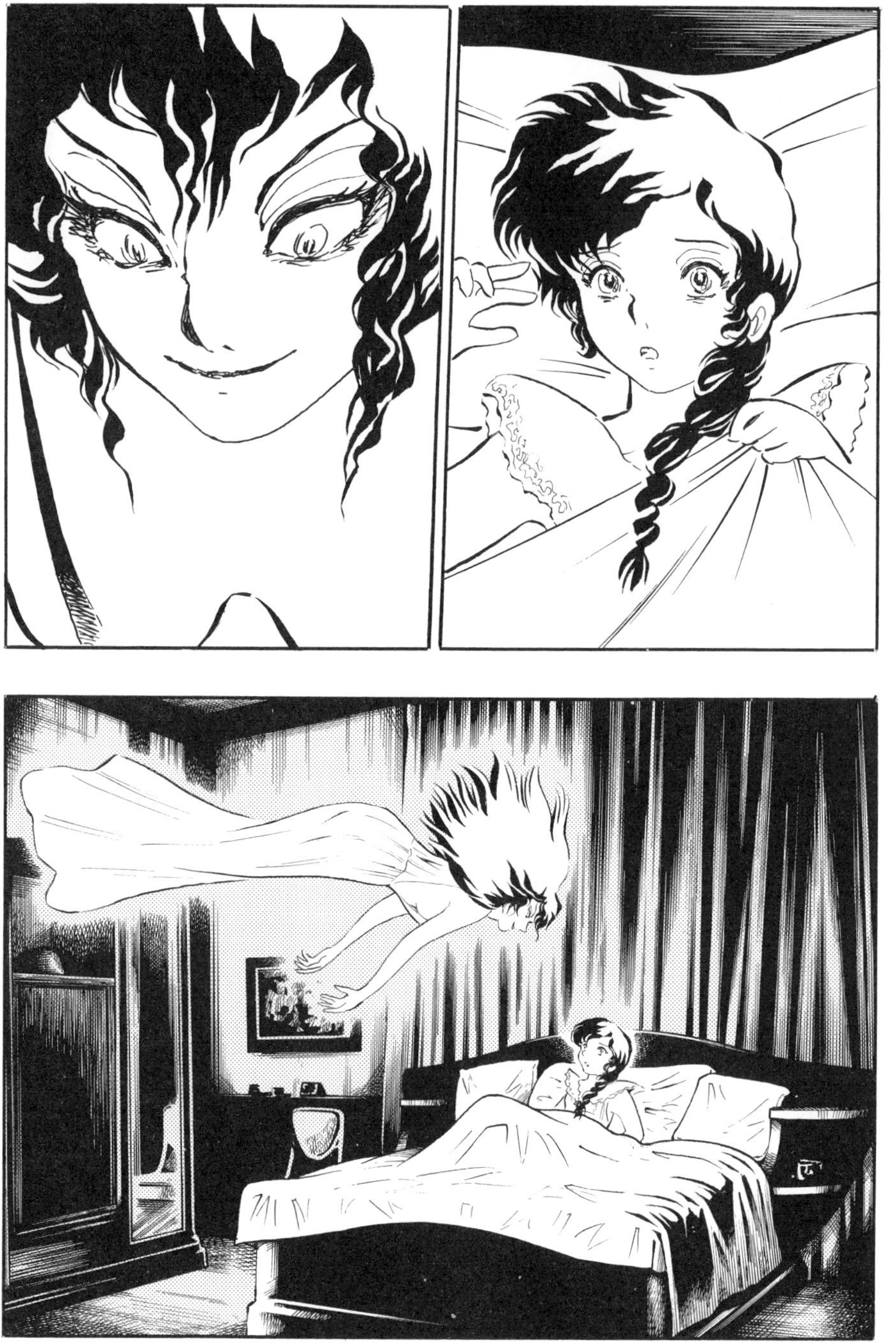

唰……!

變形記

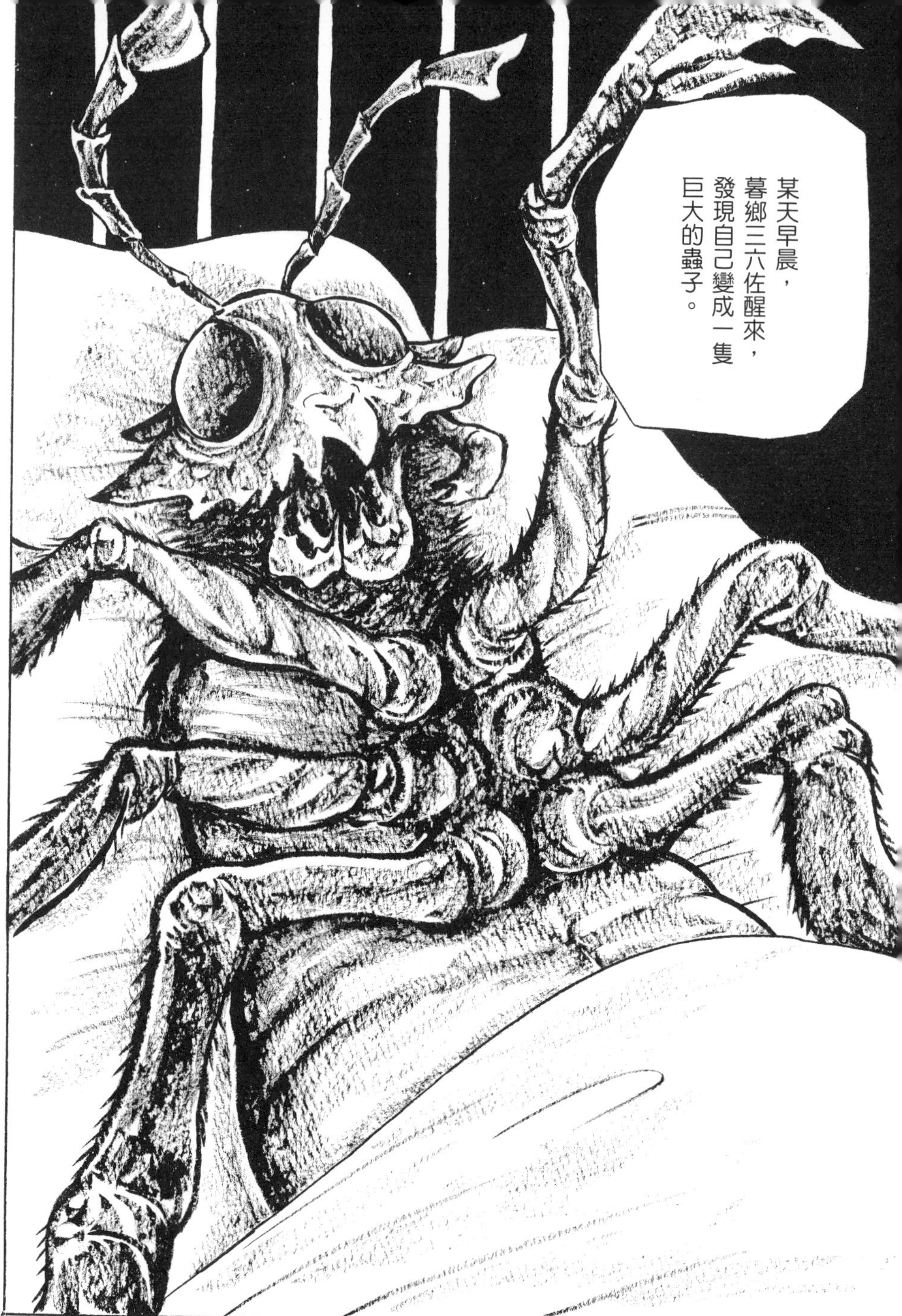
某天早晨，
暮鄉三六佐醒來，
發現自己變成一隻
巨大的蟲子。

暮鄉三六佐已非人類，如今他是醜陋的蟲子。
……他本人如此認為。

你看起來滿有精神的啊，
本來以為狀況會更差。
嗯，說有精神是有精神。
我是精神飽滿的蟲子。
起初我以為他在開玩笑。
結果是認真的。
我哥真的認為自己變成了蟲子。

我妹看不見。
ぐにゃ
癱軟…
不對，是不想看所以看不見。
我的觸角、
我的刺角、長出細毛的前腳，
還有我分節的腹部，
我妹全都視而不見。

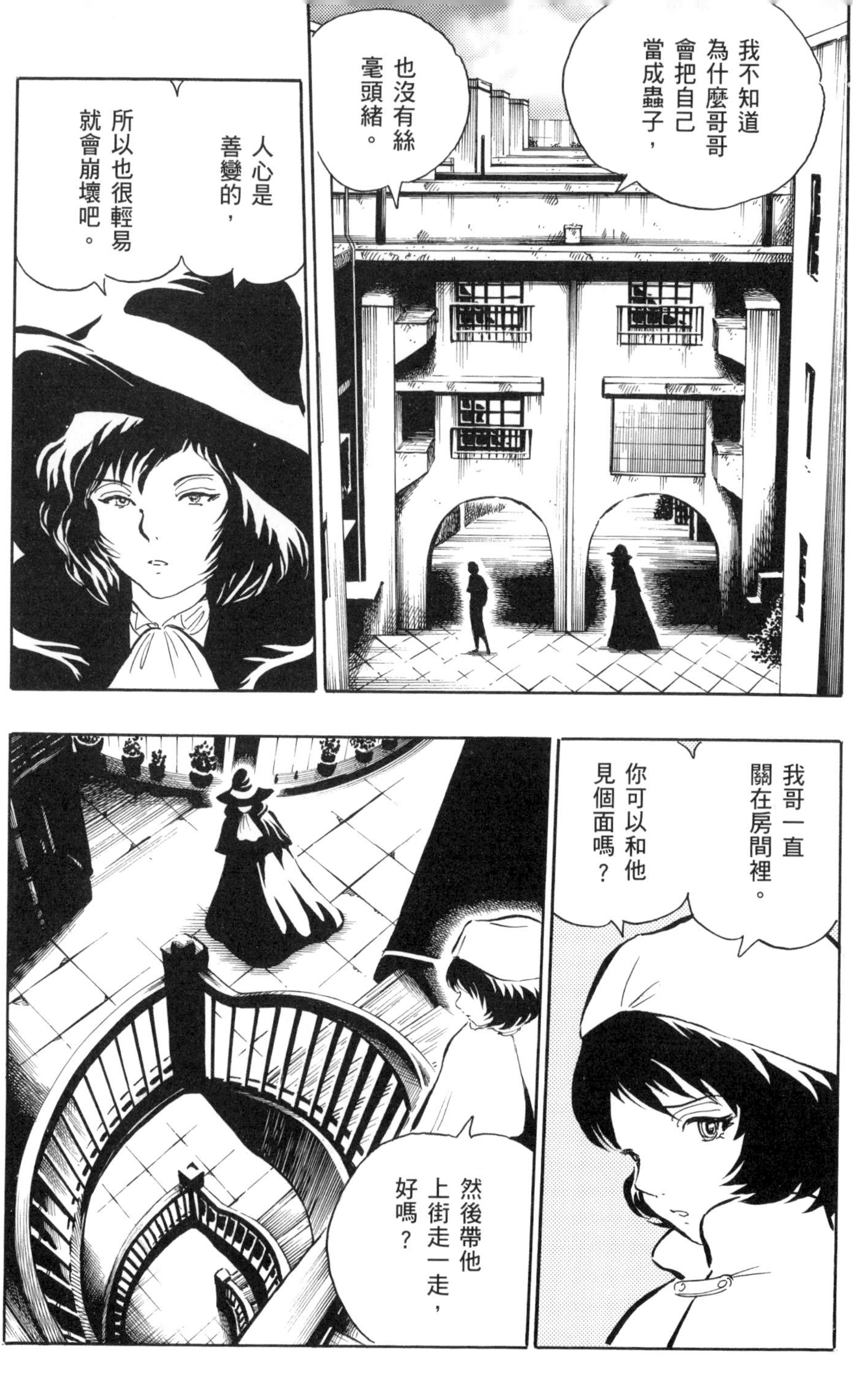
我不知道為什麼哥哥會把自己當成蟲子，
也沒有絲毫頭緒。
人心是善變的，所以也很輕易就會崩壞吧。
我哥一直關在房間裡。
你可以和他見個面嗎？
然後帶他上街走一走，好嗎？

如何？不覺得奇怪嗎？
如果你真的是蟲，走在路上一定會引起騷動吧？
哦？
他們和我妹一樣。
大家都假裝沒看見啊。
只是不想看到的東西便不去看罷了。

而且，
變成蟲的不只有我喔。
瞧，那個男人。
還有這個女人。

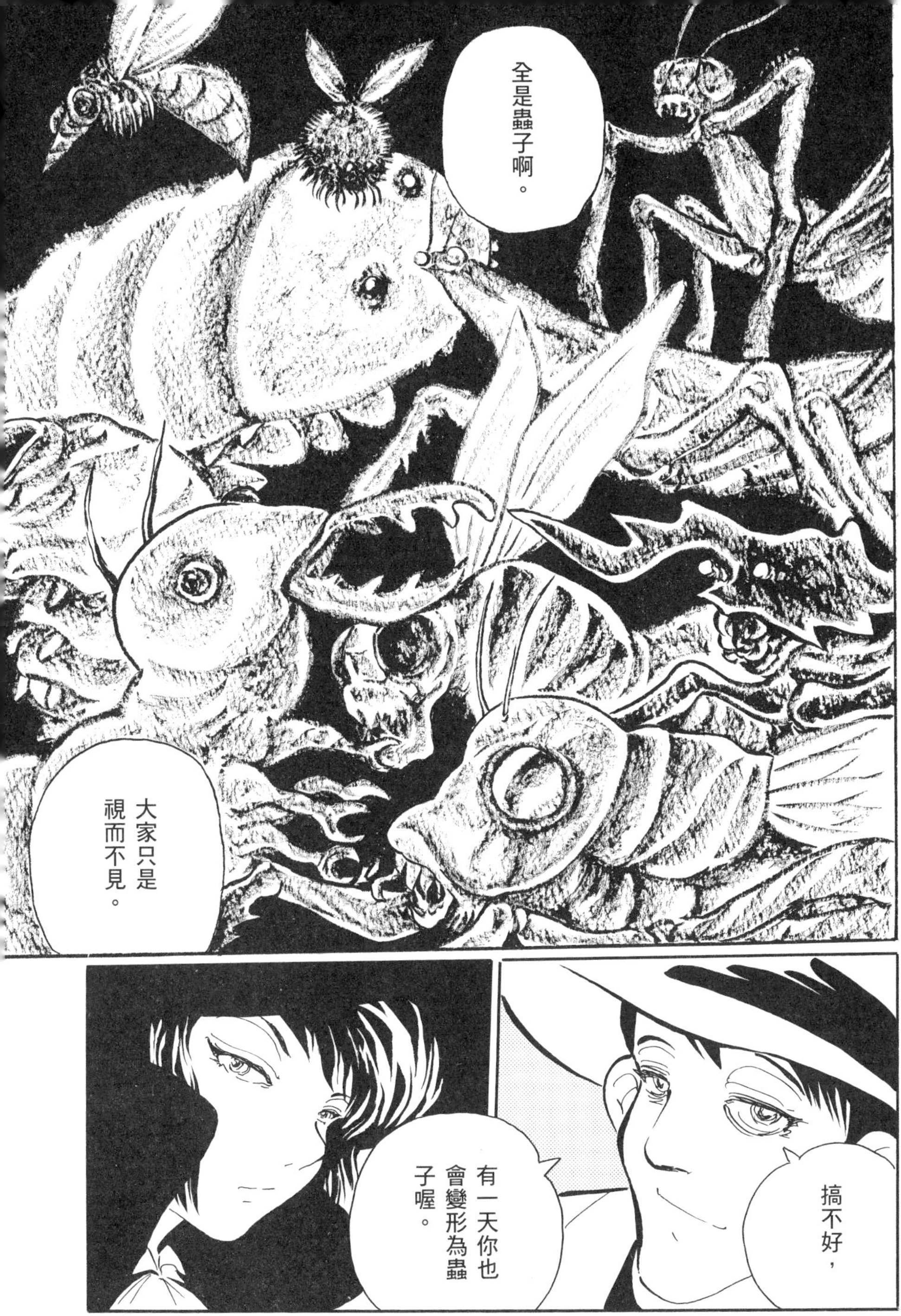
全是蟲子啊。
大家只是視而不見。
搞不好，
有一天你也會變形為蟲子喔。

是這樣嗎？
看來我哥是不可能治好了。
這個嘛……
我有個請求。
可以將我也變成蟲子嗎？

哥哥變成蟲子後就疏遠了我，
這才是最讓我感到悲傷的事。
既然如此，我乾脆也化為蟲子，陪在他身邊照顧他。
兩個人……兩隻蟲相依為命，一起生活吧。
你能將我變成蟲子嗎？
這種小事難不倒你吧？

哥哥。
我也變成蟲子了。
癱軟…
看看我的觸角、

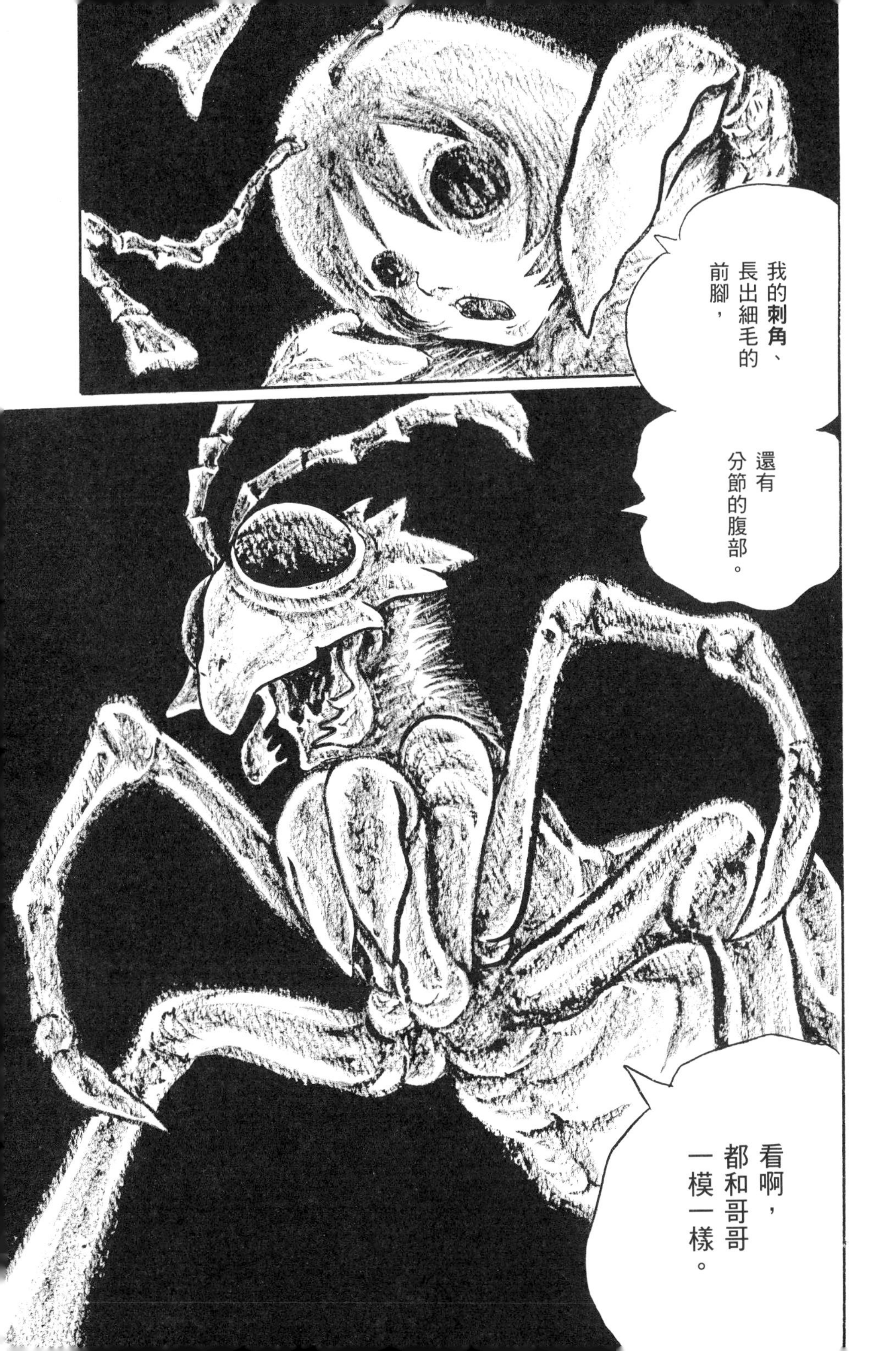
我的刺角、長出細毛的前腳，
還有分節的腹部。
看啊，都和哥哥一模一樣。

這樣真的好嗎？
嗯。
身而為人不被允許、
但化為蟲兄妹便能彼此相愛，
這就是妳的心願嗎？

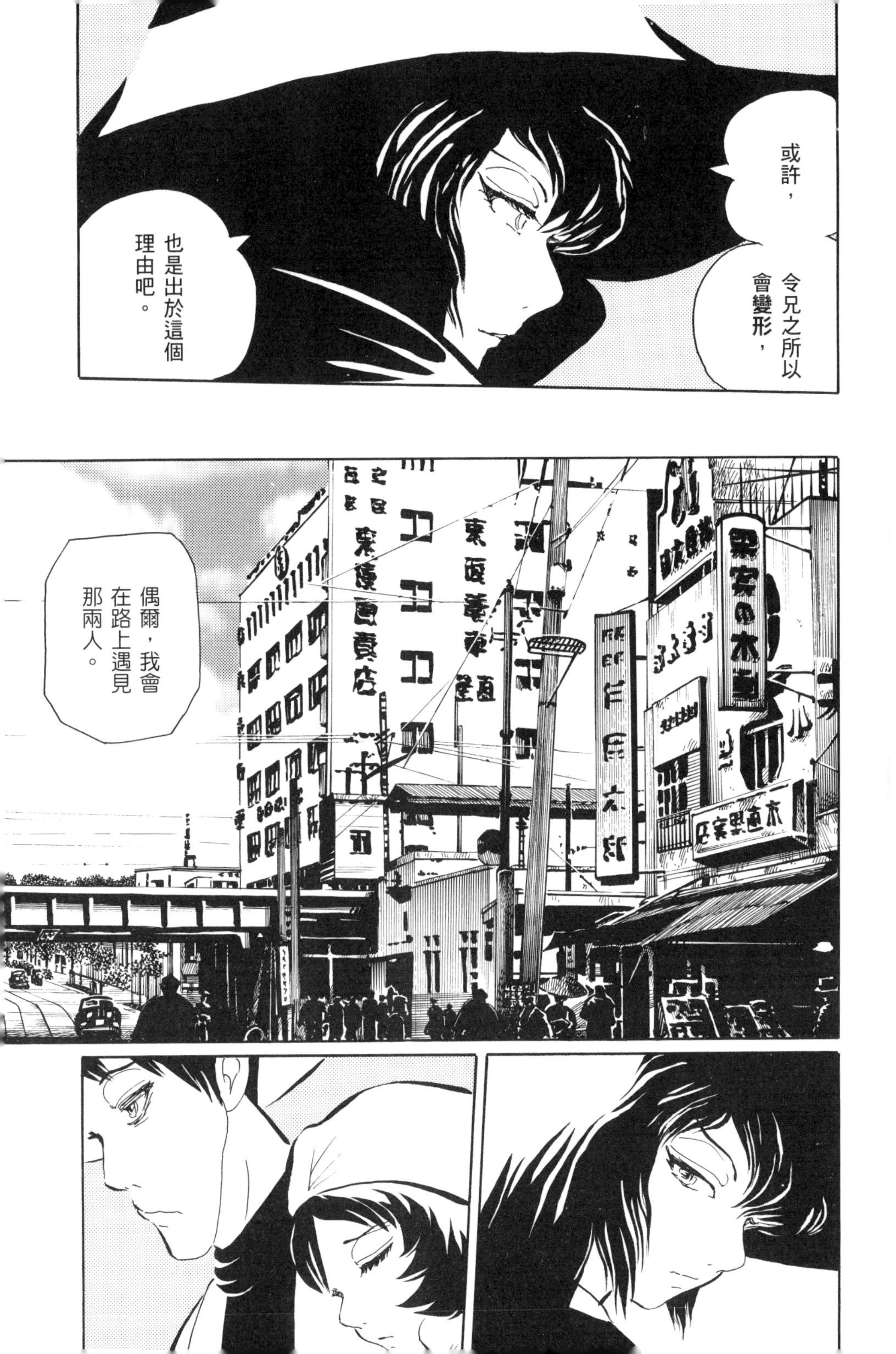
或許，令兄之所以會變形，
也是出於這個理由吧。
偶爾，我會在路上遇見那兩人。

兄妹倆親暱地
並肩相依，
緩慢地、緩慢
地向前而行，
並逐漸幻化
為蟲。

夢遊症

妻子患上了夢遊症。
我半夜醒來，發現她不在床上。
屋裡也遍尋不著蹤影。

到了早上，卻發現她不知何時睡在我身旁。
妳半夜究竟去了什麼地方？
是這樣的，
我在夢境裡，
化為鳥兒展翅飛翔。

接著，我變成魚在水裡悠游。
有時也會化身四腳獸，在草原上奔馳。
玩得很開心喔。
她說的話我無法一笑置之。

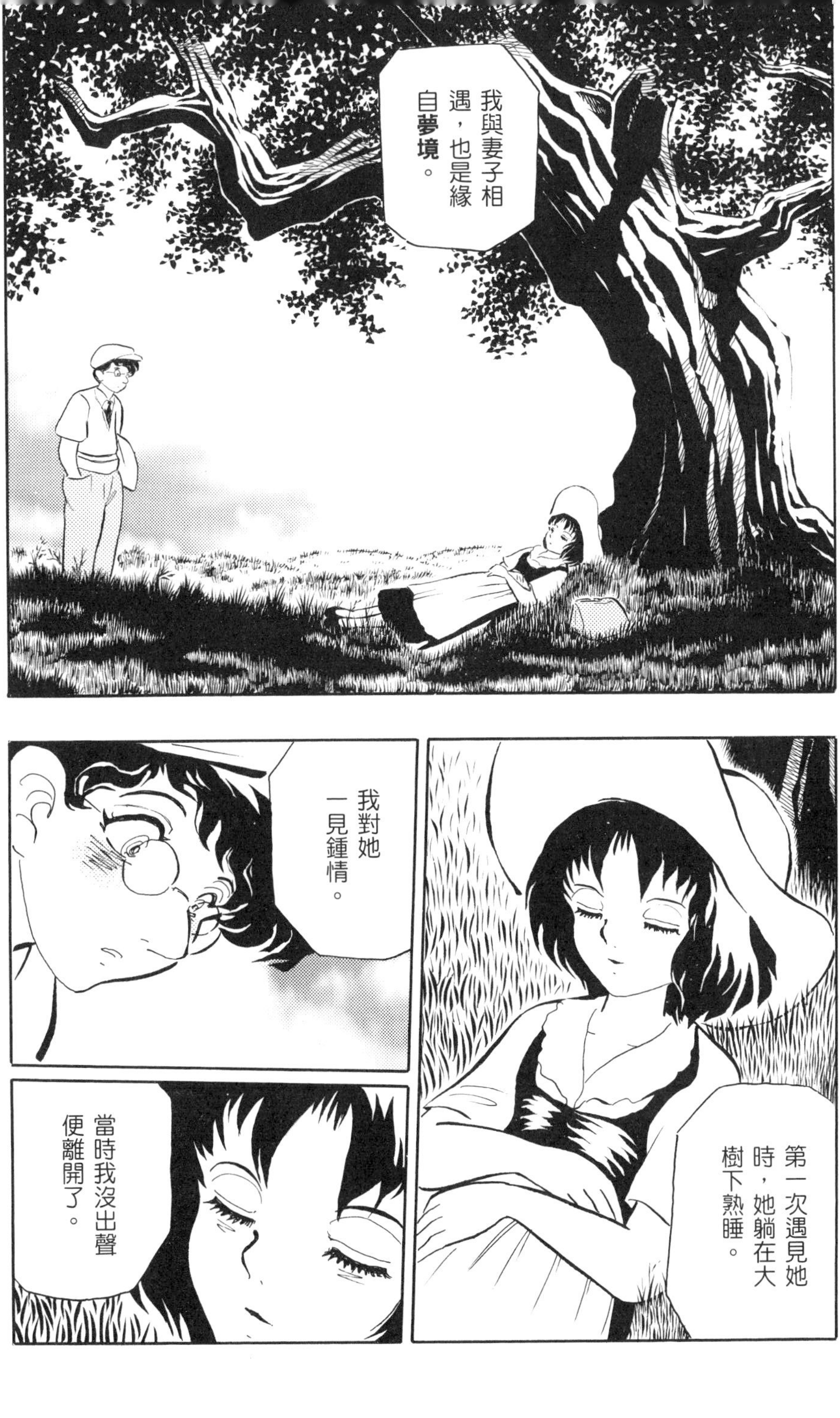

我與妻子相遇，也是緣自夢境。
我對她一見鍾情。
第一次遇見她時，她躺在大樹下熟睡。
當時我沒出聲便離開了。

那天晚上，我夢見了她。
夢裡，我在那棵樹下握住她的手說：
我愛上了今天初次見面的妳。
妳願意和我結婚嗎？
明天中午，我們再相約這棵樹下吧。
到時候，請妳給我答覆。

隔天，我（捧著花束）前往昨日她熟睡的樹下。
她睜開眼睛，對我開口。
張眼…
我願意。
我們結婚吧。

所以呢？
你希望我做什麼呢？
請你進入我太太的夢境裡，
確認她是否真的化為鳥在空中飛翔、變成魚在水裡悠游。
對你來說不成問題吧？
當然。
然後呢？
確認之後，要做什麼？
請好好保護她。
讓她在做夢期間安全無虞。

……那麼，你要怎麼實行？
讓你也睡在她的身旁嗎？
沒那個必要。
那麼今晚，
我就在夢中和尊夫人相會吧。
你是誰？
為什麼在我的夢裡？

我啊，
是受您丈夫所託而來。
我會在您的夢裡陪伴您，
在夢境中保護您。

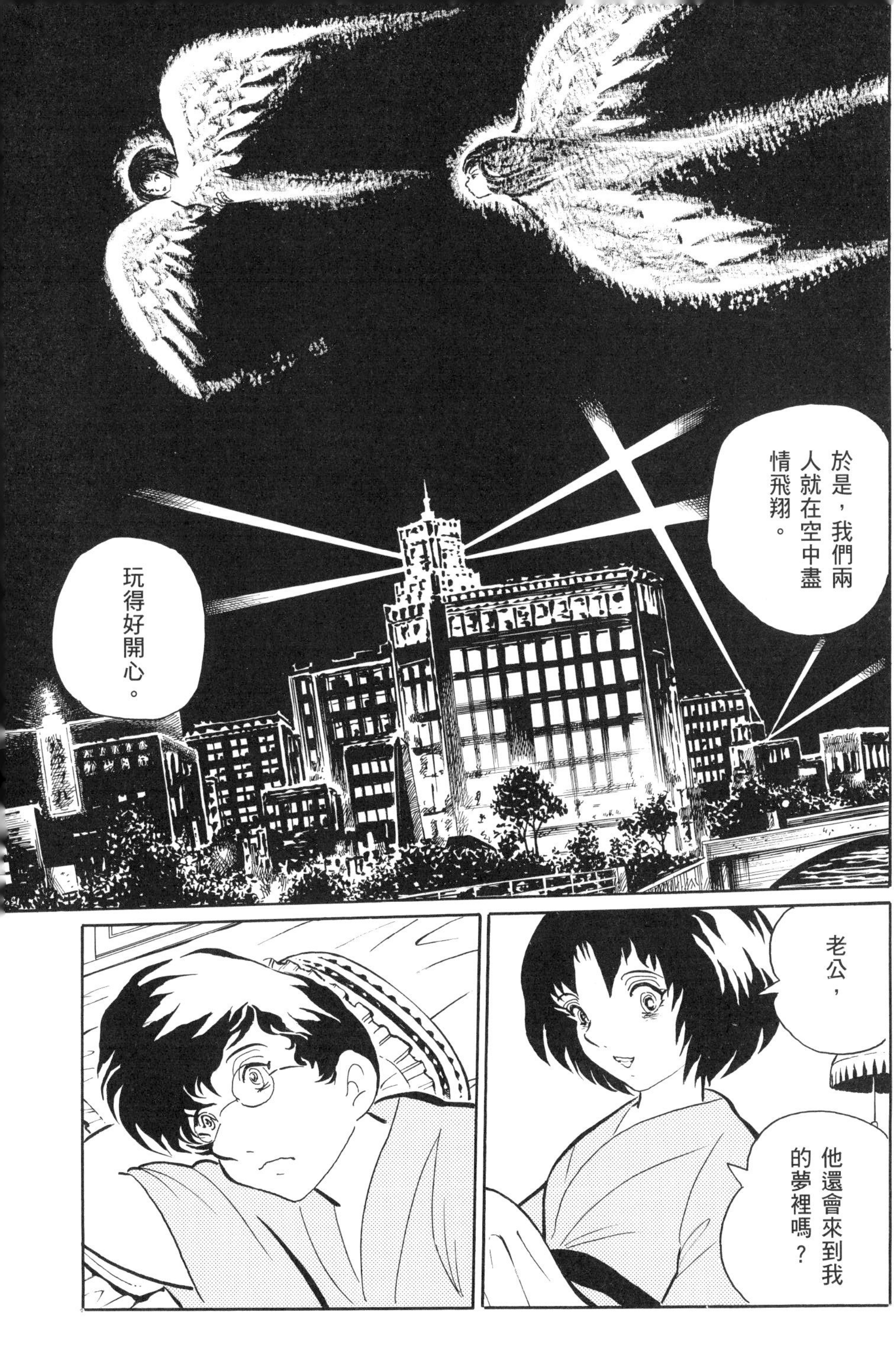
於是，我們兩人就在空中盡情飛翔。
玩得好開心。
老公，
他還會來到我的夢裡嗎？

辛苦了。
這是報酬，你不用再進入我太太的夢境了。
給你一個忠告，你最好——
不要想親自進入尊夫人的夢裡。這對外行人相當危險。
我沒這麼想啦。
我當然是這樣打算的，我要進入妻子的夢中。
老公!?

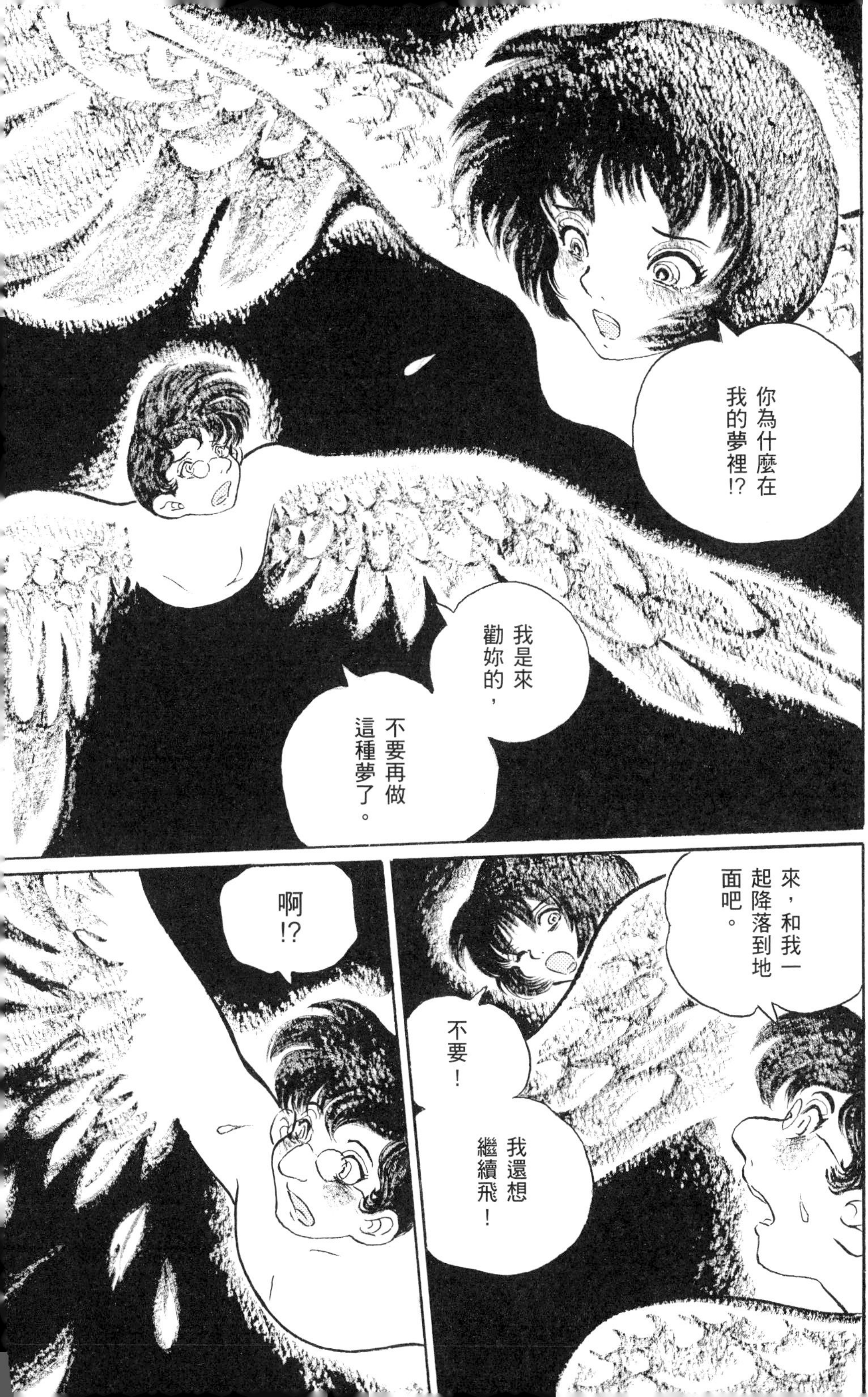
你為什麼在我的夢裡!?
我是來勸妳的，
不要再做這種夢了。
來，和我一起降落到地面吧。
不要！
我還想繼續飛！
啊!?

羽毛脫落了!?
糟糕！羽毛愈掉愈多!!
老公！
あああああ…
哇啊啊啊啊…

當我睜開眼睛時，
看見了妻子和他。
我有不好的預感，就趕了過來。你沒聽進我的忠告吧？
我在夢裡墜落，
維持著半人半鳥的姿態醒了過來。

你真是太傻了。
為什麼不信任尊夫人呢？
尊夫人明明只愛著你啊。
他說的肯定是事實吧。
妻子淚如雨下。
我用盡最後的力氣，
在臉上擠出一抹扭曲的笑容。

走向夜晚

客人，
我們要關店了。

請問，
如果方便的話，
可以送我一程嗎？

吵死了。我只是送這位女士回家。
喵嗚嗚～嗚嗚…嗚嗚
嗚嗚…
我什麼都不會做的，相信我。
您的朋友？
算是吧。

是你啊。
晚安。

準備回家嗎？您身旁的小姐真美呢。
相信我，我只是送她回家而已。

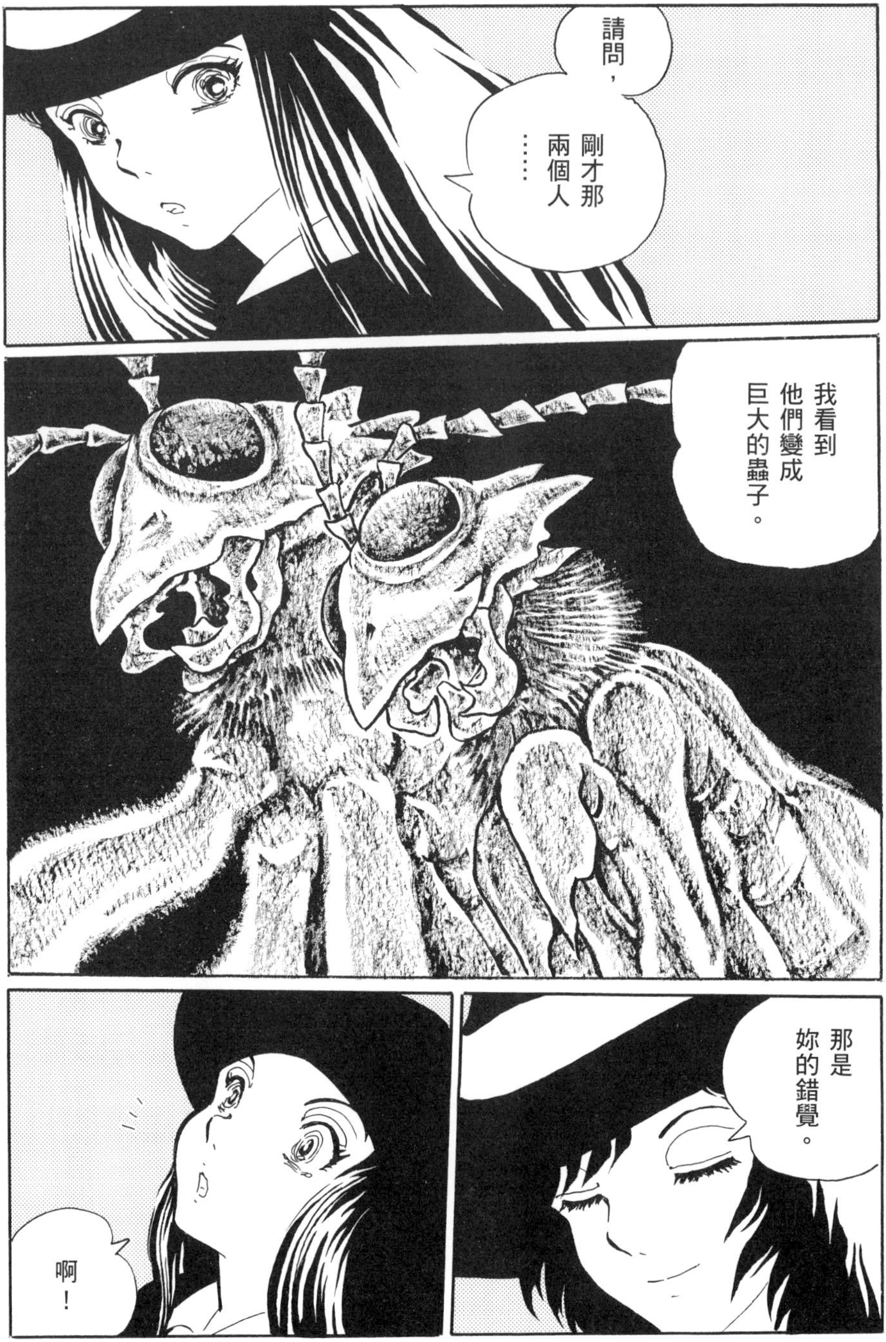

請問，
剛才那兩個人……
我看到他們變成巨大的蟲子。
那是妳的錯覺。
啊！

有人
掉下來了。
那兩人每晚都會
像那樣掉下來。
不用在意。

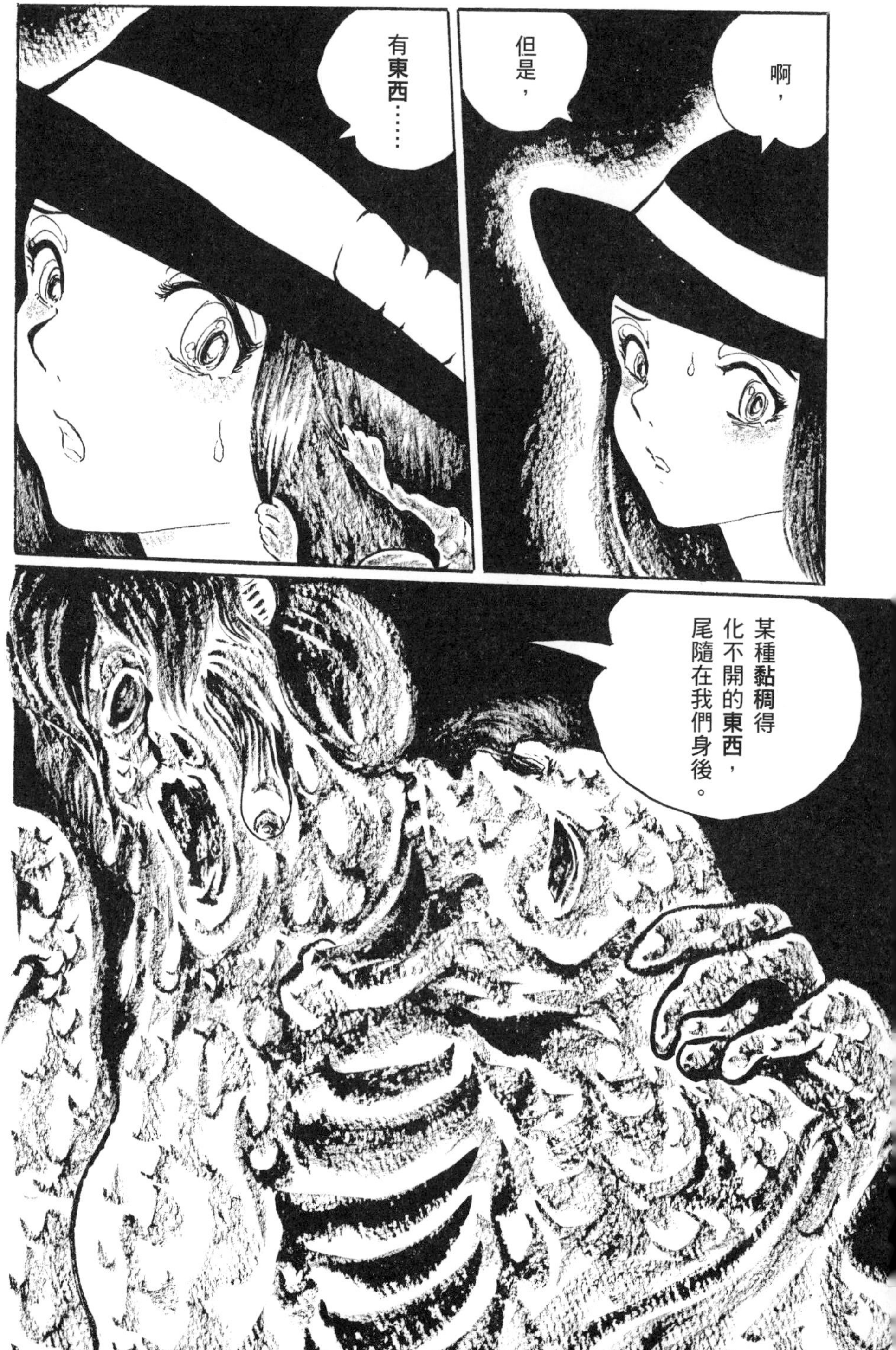
啊，
但是，
有東西……
某種黏稠得化不開的東西，尾隨在我們身後。

還有東西爬上我的頭髮。
所以，
我怎麼能不在意啊？

哼！煩死了！
喂！快出來把這些傢伙趕走!!
啪!!
收～到！交給我吧！

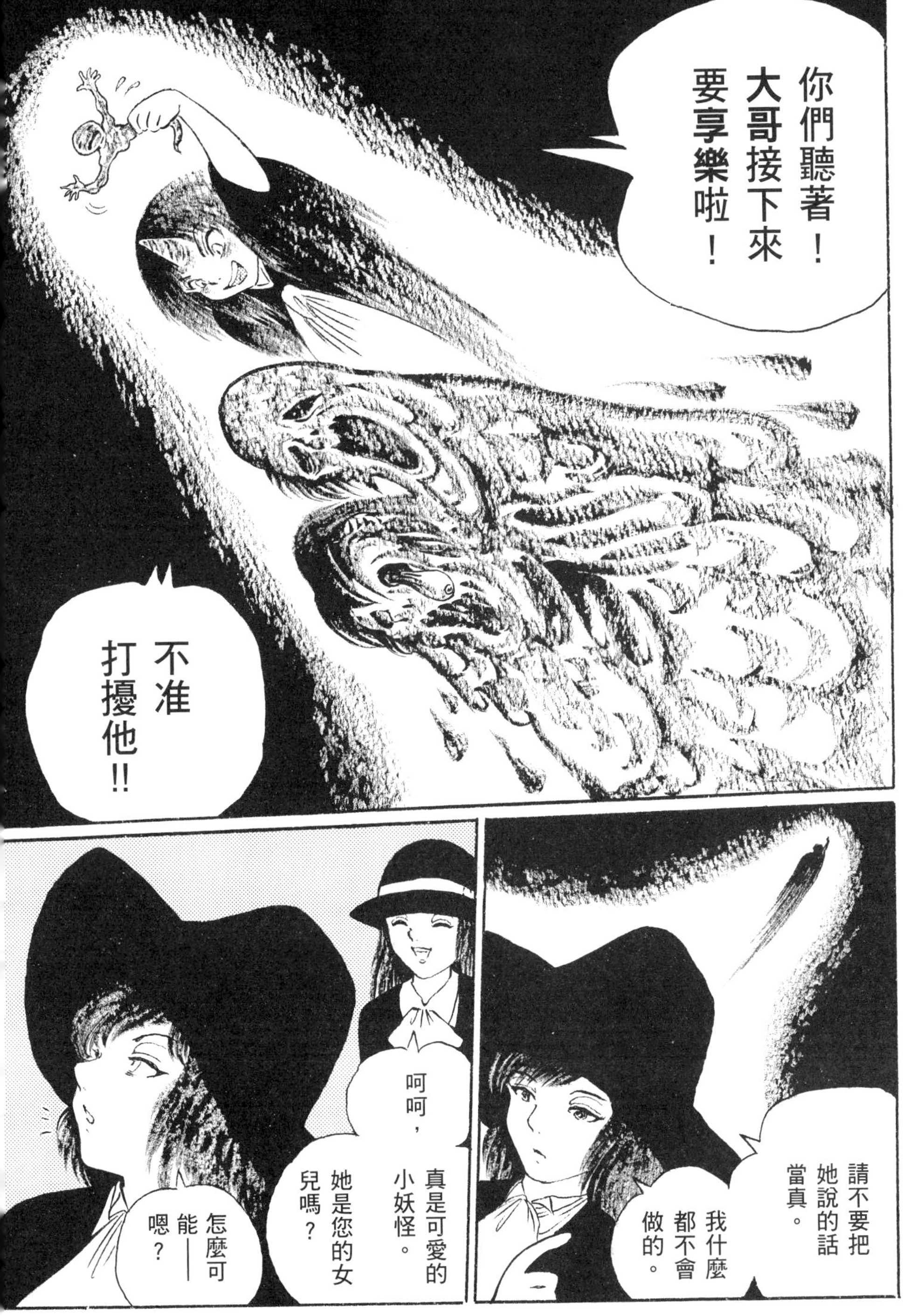
你們聽著！大哥接下來要享樂啦！
不准打擾他!!
請不要把她說的話當真。
我什麼都不會做的。
呵呵，真是可愛的小妖怪。
她是您的女兒嗎？
怎麼可能——
嗯？

哦？烏鴉展翅了。
看來就要天亮。
嘎啊啊啊……!!

該趕路了。
我們也用飛的吧！
啪!!
快！動作快！

來，
我們到了喔。

如何？好好地送妳一程了吧？
呵呵，謝謝你。
真是愉快的一晚。
那麼，今天就到這裡，
改日再會。
咻

嗯，
再見了。
我們改日再相會吧。

後記

《夢幻紳士：新・怪奇篇》故事接續早前連載的《夢幻紳士：回歸篇》。

請將本作當成與《夢幻紳士》【幻想篇】【逢魔篇】【迷宮篇】三部相異的作品。

有點複雜，真是抱歉。

二〇一三年八月 高橋葉介

出處一覽

〈蟬〉	《Mystery Magazine》2012年9月號
〈貓大樓〉	《Mystery Magazine》2012年10月號
〈機器人之戀〉	《Mystery Magazine》2012年11月號
〈長髮公主〉	《Mystery Magazine》2012年12月號
〈頭〉	《Mystery Magazine》2013年1月號
〈團團轉〉	《Mystery Magazine》2013年2月號
〈躲貓貓〉	《Mystery Magazine》2013年3月號
〈烏鴉〉	《Mystery Magazine》2013年4月號
〈夜之惡魔〉	《Mystery Magazine》2013年5月號
〈變形記〉	《Mystery Magazine》2013年6月號
〈夢遊症〉	《Mystery Magazine》2013年7月號
〈走向夜晚〉	《Mystery Magazine》2013年8月號

NAZOMAN 24

夢幻紳士【新・怪奇篇】

原著書名／夢幻紳士【新・怪奇篇】
原 作 者／高橋葉介
原出版社／早川書房
翻　　譯／丁安品
責任編輯／陳盈竹

編輯總監／劉麗真
榮譽社長／詹宏志
發 行 人／凃玉雲
出 版 社／獨步文化
城邦文化事業股份有限公司
104台北市中山區民生東路二段141號5樓
電話：(02) 2500-7696　傳真：(02) 2500-1967
發　　行／英屬蓋曼群島商家庭傳媒股份有限公司
城邦分公司
104 台北市中山區民生東路二段141號2樓
網　　址／www.cite.com.tw
讀者服務專線／(02) 2500-7718；2500-7719
服 務 時 間／週一至週五　09：30 ～ 12：00
13：30 ～ 17：00
24小時傳真服務／(02) 2500-1900；2500-1991
讀者服務信箱E-mail／service@readingclub.com.tw
劃 撥 帳 號／19863813
戶　　名／書虫股份有限公司
香港發行所／城邦（香港）出版集團有限公司
香港灣仔駱克灣道193號東超商業中心一樓
電話：(852) 2508-6231　傳真：(852) 2578-9337
馬新發行所／城邦（馬新）出版集團　Cite (M) Sdn Bhd
41, Jalan Radin Anum, Bandar Baru Sri Petaling,
57000 Kuala Lumpur, Malaysia.
Tel: (603) 90578822　Fax: (603) 90576622
email:cite@cite.com.my

封面設計／高偉哲
排　　版／游淑萍
印　　刷／漾格科技股份有限公司
□2023年（民112）5月初版
售價320元

ISBN：9786267226445（平裝）
ISBN：9786267226452（EPUB）